の医師団 2

筆記試験は零点ながら、竜との対峙《たいじ》でめでたく入団を勝ち取ったリョウ。だが、初等教育も受けていなかったため小等学舎から学び直す羽目に。一方レオニートは驚異的な記憶力と豊富な知識で楽々入団を果たすが、血を見るのが苦手で医者としては前途多難。そんな彼らを引き受けたのは、破天荒な言動で周囲の度肝を抜く竜血管内科長ニーナだった。リョウは熱を観ることができるというヤポネ人の視力を武器に、レオと共に数々の症例に挑む。だがカランバスのディドウス、世界最年長にして最大の竜に最期の時が迫っていた。生と死と医療のあり方を見つめる、異世界本格医療ファンタジイ。

リョウ・リュウ・ジ……ヤポネ人の少年
レオニート・レオニトルカ・オパロフ……オパロフ家の子息。〈真珠ノ民《ジエムチウーク》〉
リリ……〈竜ノ巣《グネズド・ドラコーナ》〉生まれの少女
カイナ・ニーナ……竜血管内科長。〈赤ノ人〉
マシャワ……医師団長、ディドウスの主治医。〈太陽ノ民〉
料理長《シエーウ》……学生食堂の料理長
ゼヤンダ……竜皮膚科長

The Characters

イゴリ……竜整形外科長
看護主任……竜血管内科所属。リリの母親
イリェーナ……リョウが育った孤児院の院長
タマル……〈死ノ医師団〉の医師
ディドウス……カランバスの竜
ドーチェ……ディドウスの娘、故竜

竜の医師団 2

庵野ゆき

創元推理文庫

THE DRAGON KILLERS

by

Yuki Anno

2024

目次

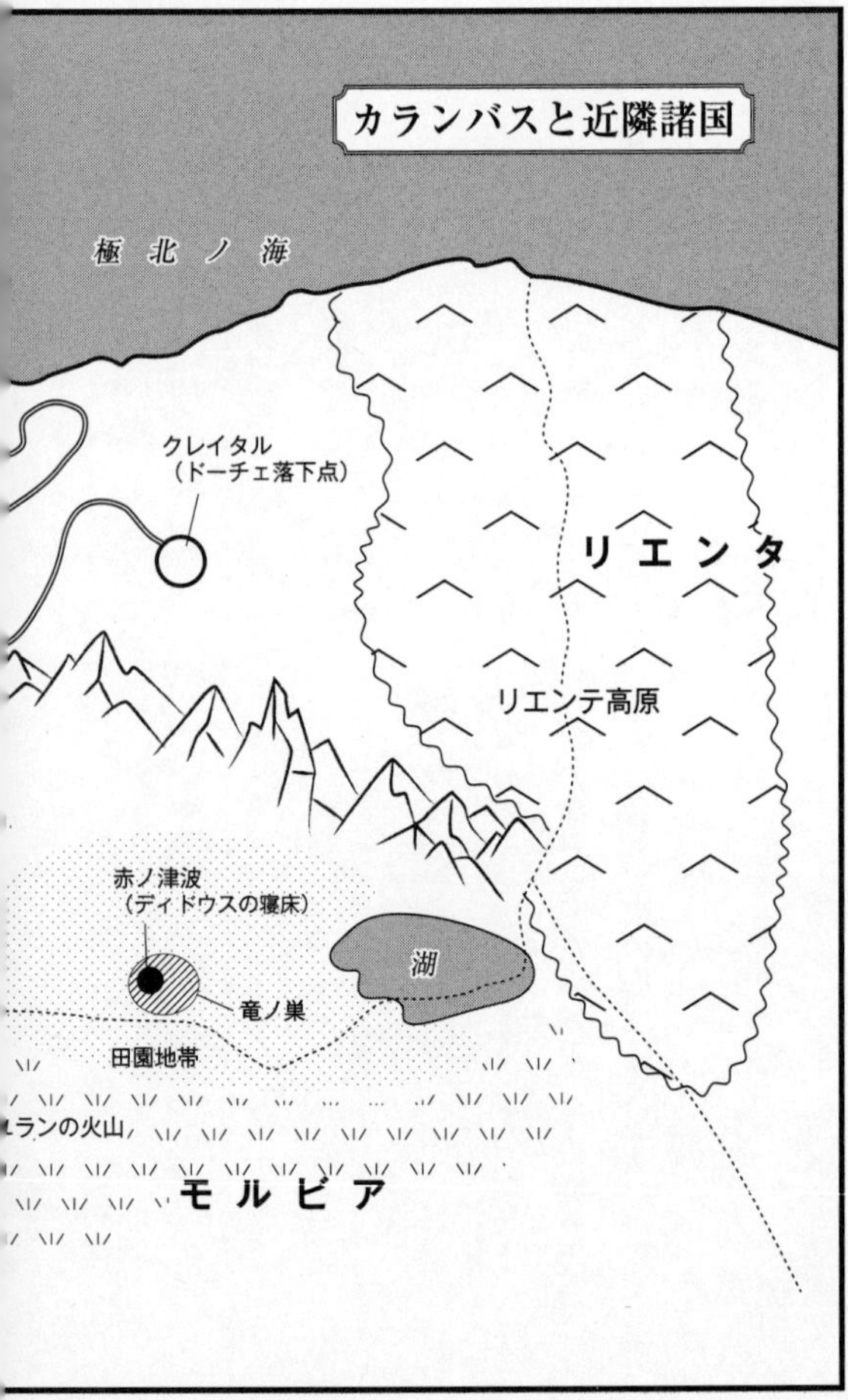
カランバスと近隣諸国
極北ノ海
クレイタル
（ドーチェ落下点）
リエンタ
リエンテ高原
赤ノ津波
（ディドウスの寝床）
湖
竜ノ巣
田園地帯
ランの火山
モルビア

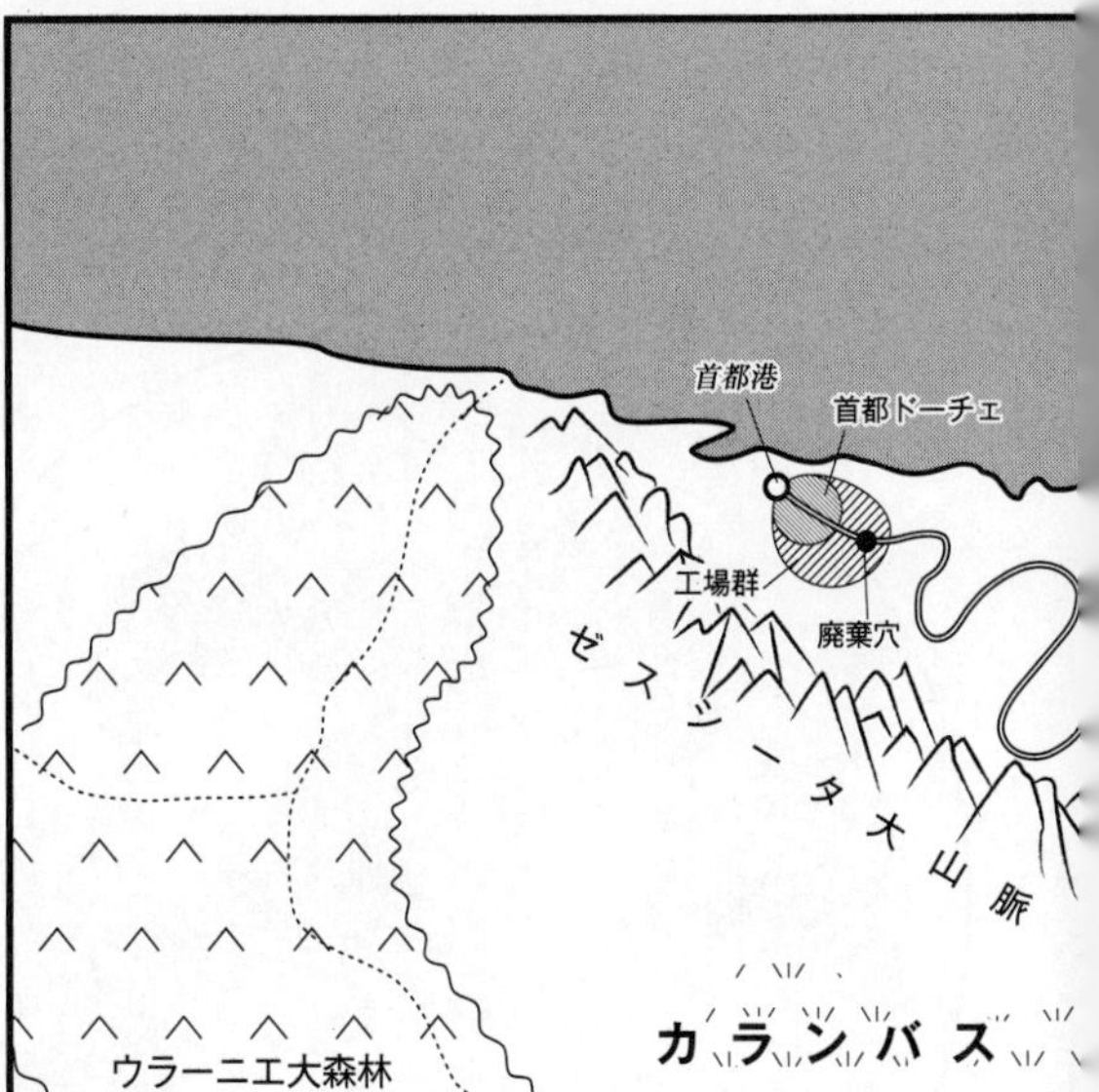
首都港
首都ドーチェ
工場群
廃棄穴
ゼスジータ大山脈
カランバス
モルビニエ大平原
ウラーニエ大森林
ウラーナ

カランバスと北半球の略図

竜の医師団 2

――彼女は言った。
もう終わらせたいと。
大地を這いずるのは
もうたくさんだと。
私は言った。
ドーチェよ、それがまことの願いなら、
私は貴女《あなた》のために、今すぐにでも、
〈死ノ医師団〉を連れてこよう――

〈ドーチェのカルテ現代語訳　主治医の手記より抜粋〉

プロローグ

〈竜ノ医師団〉の朝は早い。

団員の腹を満たすべく、食堂の朝はもっと早い。

そこで働くからには、料理長《シェーウ》よりも早く出勤したいところだ。そんなわけで、おれことリョウ・リュウ・ジは朝っぱらから、学生食堂の倉庫に詰めている。

ましてや先日、新メニューの〈開発担当〉に昇格したとあっては。

「こんな朝早くから、リョウは努力家ですね」

甘やかな声が賛辞を述べた。彼はレオニート・レオニトルカ・オパロフ。おれと同じく医師団の新入生であり、ある理由で学生食堂のお世話になる身だ。彼は今、倉庫の窓際に腰かけ、目覚めの紅茶を傾けている。何をしても絵になる男である。

「もっとも我らの極北国《カランバス》は今、白夜の季節です。陽は落ちず、夜は来ません。どこからを早朝とすべきか、悩ましいところです」

「悩んでないで、手伝え」

かまどを睨《にら》みながら、おれは一喝した。

おれは今、開発担当の初仕事として、料理長にお出しする新作を焼いている。できれば今日のうちに完成させたい。

なにしろ近々、老竜ディドウスが狩りに出るのだ。

彼が飛び発つ際には必ず、特大の〈竜ノ風《タルナーダ》〉がやってくる。大災害に見舞われる前に、料理長は食堂を閉めて、南の美食の国まで避竜の旅に出ると仰っていた。

「どうですか?」レオニートがおれの傍らに立つ。

「もうそろそろだ」おれは舌なめずりして答えた。

こめかみにぐっと力を入れ、かまどの中の熱を見た。先祖から伝わる、ヤポネ人だけが持つ力だ。その目で火加減を細かく調整していく。力の無駄遣いだって? そんなことはない。美食は生きる原動力である。

「よしっ」おれは分厚い鍋用手袋をはめた。「出すぞ」

かまどの扉を開けた、その途端。

焼き立ての生地の甘い香りが、ほわんと部屋を満たした。

熱々の皿を慎重に取り出してみれば、狙い通り! 生地はふんわり膨《ふく》らみ、ほんのりと紅色に照っている。それもそのはず。この生地には皮ごと焼いた林檎《りんご》を投じているのだ。

「むらなく仕上がりましたね」

「熱いうちに潰したのが良かったな」

じゅうじゅうと果汁のしたたる林檎。それをすり潰して、卵白と砂糖とともに泡立てたのだ。しかし完成はまだ先だ。実は林檎の一部をさらに煮詰め、冷暗室で冷やしてある。焼いても冷やしても美味いとあれば、一度に両方いただくのが至高というもの。

レオニートがきんきんに冷えた林檎ジャムを運んできた。こちらは鮮やかな林檎の花色である。それを出来立ての生地に厚塗りすると、レオニートは菓子職人も顔負けの技で、くるくるっと丸太状に巻き上げてみせた。最後に粉砂糖をふるいかける手つきときたら、雪の女王もうっとり蕩《とろ》かしそうな甘やかさ。

「完成です」

レオニートが粉ふるいを置いた。

真っ白な皿に、真っ白な菓子が立つ。割り開けば、濃淡の林檎の花色がぱあっと露《あら》わになる仕掛けだ。さながら雪化粧の山景色に、春の咲きたるが如《ごと》し。

「リョウ考案、〈ふわふわりんごの砂糖菓子《パスチーラ》〉ですね」

「お前も一緒に考えただろ」

おれは早速、二人分の皿を取り出す。

「お前の案じゃんか。林檎ジャムと、くるくる巻き上げるのと、粉砂糖をまぶすのは」

「生地そのものはリョウの発案ですから、八割はリョウの料理でしょう」

謙虚に言いつつ、レオニートは二人分、菓子を切った。随分と分厚い。食べる気だ。

「じゃ、おれたち二人の働きってことで」

「ええ。僕たちは〈二人組《ファラン》〉ですからね」

そこに「なによそれ」という声が挟まった。振り向けば、換気に開けた窓の向こうに、少女のふくれっ面があった。

「朝っぱらから二人でお菓子作り？　仲良しね」

本気で拗《す》ねた声だった。おれはなんだか慌てた。

「き、来たのか、リリ」

「来ちゃいけなかった？」まんまるにむくれた少女の頰が、途端しゅんと萎《しぼ》む。「だって、二人とも寮にいなかったから……、ううん、なんでもない」

窓から消えかけた少女を、おれは「待った！」と引き留めた。しかし次の一手を欠き、「えっと、これは、あれだ」と埒《らち》もなく口ごもる。

結局弱り果てて、横のレオニートを小突くと、彼は妙手を繰り出した。

「リリさん！　もうすぐ、お誕生日ですよね？」

「それだ！」救いの手に、思わず口が滑った。「じゃあなかった、そうだよ。来週、お前の誕生日だろ。ほら、十三の」

リリはおれたちより三つ四つ下だ。史上最年少で医師団に入団した有名人だが、中身はまだまだ子供である。つまり――素直だった。

「もしかして、そのお菓子」

涙に潤《うる》んでいた瞳が、きらきらと輝きだした。

「……あたしの？」

少女の顔に、おれは悟った。この菓子はもう、他所に出せない。

ならば何を惜しむかと、おれは殊更《ことさら》に分厚い一枚を切ってやった。レオニートが急いでお茶を淹れ直す。食堂用の味気ない食器しかなかったが、リリのはじけんばかりの笑顔がこのうえない華を添えていた。

「ありがとう」菓子を前に、少女ははにかむ。「友達の贈りものなんて、あたし初めて」

「う、うん」おれは急激に後ろめたくなった。「えっと、またちゃんとお祝いすっから」

「これで充分なのに」

「お祝いは何度しても楽しいものですよ」

レオニートが巧みに繕《つくろ》った、その時だった。

突如「その通りだ！」という大声がして、倉庫の扉が外れんばかりに開け放たれた。

「そしてお祝いは大勢の方が楽しいものである！」

現れしは真紅の髪と、真紅の顔の女人。

おれたちの師匠カイナ・ニーナ氏、その異名は〈赤ノ人〉という。

「そんなわけで、私も祝おう！　さ、もうひと皿出したまえ」

「先生の分はありません！」

氏を医師団いちの名医だと呼ぶ人もいる。確かに氏はいつも、カランバス唯一にして、世界最大の竜ディドウスの病を、いつもぴたりと言い当てる。

けれどもおれの目には、氏の言動の奇抜さ加減ばかりが際立つ。例えば今、氏が小脇に抱えているのは、〈盤上遊戯《シャフマトイ》〉のひとそろいだ。明日からの夏休みに、老竜の飛翔を待つため〈当直棟〉にこもるが、これで暇つぶしをしようと氏はおれたちを誘った。

「いや、勉強で忙しいんで」おれは突っぱねた。

「夏休みに遊ばん学生がいるかね？」氏は指導医らしからぬ弁説をふるう。「無理は良くないぞ。そもそもお前たちは、そんな真面目な生徒ではなかろう！」

これに、おれたちは三人とも「うっ」と声を上げた。

「レオニートよ、訓練の進みはどうだね？」

氏の指摘に、レオニートがさっと目を逸らす。

実は彼は、血に触れられない。〈医師課程〉の解剖実習が始まるまでに、生肉に触れて慣れるべく、この食堂に通う身だ。しかし未だに腸詰《クロヤンカ》めすら手にすることができない。

「リリも最近、午後の実習に出ておらんようだが？」

これに少女は頬を膨らませて、「だって組む人がいないんだもの」と訴えた。医師団の学生はまず〈基礎課程〉の四年を経てから、専門職ごとの課程に進む。リリは初学年の〈基礎課程〉だが、同級生と反りが合わず、化学実験などの実習授業をすっぽかしがちだ。

「そしてリョウ・リュウ・ジ。お前は言わずもがな、史上初の白紙入学生だし」

おれはヤポネ人。カランバスでは、文字を書くだけで投獄される身だ。紆余曲折《うよきょくせつ》あって医師団に入団したが、その時の試験では名前以外なんにも書けず、史上初の学力零判定を下された。以来、小等学舎からやり直している。

「しかし、先生。それはリョウのせいではありません」

レオニートが熱心に擁護した。

「そうよ。名前を書けただけでも偉かったのよ」

リリが熱烈に援護した。

「そうです。だから、おれは勉強に忙しいんです」

おれは開き直った。

ニーナ氏が「むむ」と唇を尖らせる。

「ならば、菓子など食べている場合ではあるまい。私が没収する！」

「結局それですか！」

氏の真っ赤な腕が伸びる。おれとリリは全ての皿を確保した。レオニートへと渡せば、彼は高々と皿を掲げる。長身の彼が腕を伸ばすと、天井にもつきそうなほど。

「さ、皆さん、お早く」

「おう！」

「うん！」

待て、と氏が飛びつく。レオニートが優美に阻み、おれたちに皿を返した。隙をつき、おれとリリは倉庫の外へと飛び出す。

夜を忘れた白夜の夏空に、遠雷が響く。巨竜ディドウスの咆哮《ほうこう》だ。この響きはおそらく愚痴《ぐち》だろう。待ち受ける飛翔にあたって、やれ翼が重いだの、節々が痛いだのと、文句を言っているのだ。きっと飛ぶ当日まで、ぶつぶつ言い続けるに違いない。

元気だな、お爺《ディドウス》さん。

愚痴混じりの唸《うな》り声に、おれたちは笑って、夏の天を仰いだ。

この頃は、まだ信じていた。

おれたち三人。こうして馬鹿げた掛け合いを交わしつつ、ともに巨竜ディドウスの背に登り、隣り合って学んでいく。そんな暮らしがずっと続くものと信じていた。

「……良かった。最後に、貴男《あなた》と話せて」

そんな一言を残して、あいつが去るなんて。

雪のひとひらほども、思わなかったのだ。

カルテ 4

死の舞踏と、竜の愛

患竜データ			
個体名	〈堕天竜〉ドーチェ	体　色	背側：ルビーレッド 腹側：オールドローズ
種　族	鎧　竜		
性　別	メ　ス	体　長	830馬身（推測）
生年月日	人類史240年（推定）	翼開長	1700馬身（推測）
年　齢	1750歳（推定）	体　重	測定不能
所在国	クラスーナヤ（現カランバス）	頭部エラ	宝冠状、まつげ状のクレスト
地域名	同国北東部に落下 以後、無作為に移動中	虹　彩	琥珀色

人類暦1987年（カランバス建国以前）12月某日

主訴

不随意運動ともの忘れ

現病歴

身体が勝手に動き、止められない。もの忘れが激しくなり、常にいらいらする。自分が自分でなくなったように思える。

既往歴

なし

身体所見

覚醒時に激しい不随意運動が発生し、踊るように地上をのたうつ。飛行不能。安静を保てないため登竜ができず、診察困難。

診療計画

（脚注：当時のカルテに記載なし）

申し送り

（脚注：当時のカルテに記載なし）

「それでは、リョウ」

レオニートの荷物が運び出されていく。

「ありがとうございました」

笑みひとつ残し、彼もまた連れ出されていく。

あたかも、罪人の如《ごと》く。

「待てよ！」

彼の全てを、見知らぬ者たちが持ち去る。長い外套に長い袖、長靴。それらに施された刺繍《ししゅう》までもが、死の夜さながらに真っ黒だ。

彼らの合間を縫って、おれは叫んだ。

「おかしいだろ、こんなの！　お前はもう、入団したんだ。〈不逮捕特権〉はどうしたよ。憲兵は団員に手出し無用。そうだろう⁉」

レオニートが立ち止まる。

「この者たちは、憲兵ではありません」

全てを受け入れて、彼は振り返りもしない。

「このたびの送還を要請したのは、憲兵団でも、カランバス政府でもありません」

では何者なのだと問い詰めようとした、その時。

おれは襟首を摑まれた。なんという怪力だろう！　ぐっと息が詰まる。

「その人をお放しください、タマル」

レオニートの声は、いつも凜然《りんぜん》と響く。

「彼の身の安全は保障されたはずです」

手は渋々従うと、代わりにと言わんばかりに、荒っぽく突き飛ばしてきた。哀しいかな、おれの非力な身体は簡単に跳ね、壁にぶち当たる。

「ヤポネ――」

狼藉者《ろうぜきもの》は囁《ささや》いた。その声はか細く、まるで冬の隙間風のよう。

痛みに呻《うめ》きながら、おれはそいつを見上げた。氷のように透ける銀灰色の瞳が、おれを見つめ返してきた。

女だった。漆黒《しっこく》の外套に、肌の白さがいっそう際立つ。ぐっと締め上げた腰は、今にも折れそうなほど細い。

幽霊。そんな一言が浮かんだ。

「おかしいこと」女は気怠《けだる》く呟《つぶや》いた。「よりによって〈竜宝の門番《オパル・オ・フ》〉の子が、〈妄言者《ルオーシュ》〉の生き残りと馴れあうなんて……」

女の足先が、おれの手にかかった。蛆虫《うじむし》を踏みにじるような動きだった。

「やめてください……！」

レオニートがたまりかねたように、女の肩に触れた。だが女の方が早かった。あえなく振り払われた。そう思った時には、彼は後ろ手に捻《ね》じり上げられていた。

「大人しくなさい、レオニート・レオニトルカ・オパロフ」

この世の何にも期待せぬように、女は囁く。

「〈死ノ医師団〉の怒りを、このうえ煽《あお》りたくないのなら」


「ふむ」

ニーナ氏の被る赤シシの仮面が、かたりと口を開けて嗤《わら》った。

「やはり、〈死ノ医師団〉か」

「いったいなんですか、あいつらは！」

おれは衆目をはばからず、喚《わめ》いていた。

ここは崖の施設〈当直棟〉の一角。ニーナ氏率いる〈竜血管内科〉の医局だ。訓練室を兼ねており、部屋の中心には巨大な竜の心臓の模型が鎮座している。そこから伸びる血管には、部下の医師や技師たちがなにやら怪しげな器具を突っ込んでいた。

氏は一応科長なので、個室を二つも持っている。来客用と当直用だ。来賓室は意外にもきちんと整理され、重厚な木造りの机と椅子があった。ただし隣の当直室は開けっ放しで、氏の私物が収まりきらず、雪崩を起こしていた。

「……うそつき」

おれの隣で、少女リリがぽつりと呟く。

「明日あたしの誕生日なのに。お祝いしてくれるって言ったのに……」

彼女はレオニートの事件を聞きつけて、息を切らして男子当直室へと飛び込んできた。遅かったと知ると、目に涙をためて俯《うつむ》いた。以来ずっとおれの袖を握って離さないので、おれは彼女をくっつけたまま、ニーナ氏のもとへ駆けたのだった。

「あいつはどうなるんですか！」おれは喚き散らす。「投獄されるんですか？　いったい何の罪で？　オパロフの子が竜に関わっちゃいけないなんて法律が、カランバスにあるんですか？」

「ない」

ニーナ氏はあっさりと言い放った。

「カランバス国内にはな」

おれの袖を握る指に、ぎゅっと力がこもった。

「……〈真珠《しんじゅ》のくびき〉ね」

リリの声は震えていた。

「そうだ」赤シシが羽根のたてがみを振り立てた。「〈真珠ノ民《ジェムチウーク》〉は、どの地にあろうとも〈死ノ医師団〉の法に従うべし。あいつの生家オパロフも〈真珠ノ民〉なのでな。くびきの下からは出られんのだよ」

「だから！」おれは苛立った。「なんなんですか、その〈死ノ医師団〉っていうのは！」

怒鳴り散らしながら、けれどもおれは答えを察していた。

彼らは、竜の。

「死神だ」

氏の声は淡々としていた。

「竜を殺す——そのためだけに、あの者たちは存在するのだよ」

氏の笑みが深まる。赤獅子の仮面がぐいと下げられ、その真紅の唇を隠した。

「例えばこんな病があるとしよう」仮面が語る。「ひどく苦しく、進行は遅く、すぐには死なない。生かすことはできるが、治癒の術はない。手をかければかけるほど、苦しみの期間が延びるだけ。

そんな地獄《ゲヘナ》の苦しみから、竜を救う手立ては？」

――死。

唇だけで、おれは答えた。

「そう」赤シシは深く頷いた。「これを〈安楽なる死《エウタナージア》〉と呼ぶ。人類から竜への、最後の〈処方箋《レティツェプト》〉だ」

そのためだけに、〈死ノ医師団〉はあるという。

「オパロフも、その〈死ノ医師〉なんですね？」

おれの言葉に、赤シシが歯をかたかたと鳴らした。笑ったのだ。

「当たらずとも遠からずだ。そう、オパロフは〈死ノ医師〉だった」

「だった？」おれは目を瞬《しばた》いた。「今は？」

「オパロフは〈死神〉の権を持たない。四百年ほど前、彼らは大罪を犯したのだ。以来、彼らは〈死〉の処方を禁じられ、ただ死した竜の〈解剖〉のみを許される身分となった。生きた竜に触れることは、彼らの禁忌なのだよ」

その禁忌を、レオニートは破ったのだ。

「あいつは〈死ノ医師団〉の本部に引きだされ、〈死ノ審判〉にかけられるだろう」

まるで死のみが判決と聞こえた。

「まさか、処刑されるんですか？」おれは息を呑んだ。

「さて」赤シシの頭蓋骨が歯を鳴らして嗤った。「そう案ずるな。まずもって、そこまで行くまいよ。なにしろまだ子供だ。せいぜい、生涯幽閉される程度だろう」

それを魂の処刑と言わずして、何と言おう。

「何故そうまでして、〈死ノ医師団〉はオパロフを罰するんですか」

おれは食ってかかった。相手が違うと知りつつも。

「オパロフの先祖が、ドーチェを殺したから？」

それまでカタカタと歯を鳴らしていた赤シシが、ぴたりと止まった。

「……ほう。知っていたのかね、ヤポネの」

「妄言《ルオー》程度に」おれはざっくり答えた。「ヤポネの言い伝えなんて、おれ自身もまともに捉えていませんでしたけど。でも、あいつ自身から聞いたんです。オパロフはドーチェを殺害したって。でも」

おかしい。おれはこめかみを押さえた。混乱のために、頭痛がしていた。

「どうして、それが大罪になるんですか？　オパロフは〈死ノ医師〉だったんでしょう？　それなら、オパロフがドーチェに与えたのは〈安楽なる死〉という〈処方箋〉のはずだ。正当な〈竜ノ医療〉じゃないですか！　なのに」

レオニートは言っていた。オパロフの者は生きた竜に触れてはいけない。世界がそれを許さないのだと。

いったい、どうして。

「ふむ、確かに妄言《ルオー》程度か」氏の低い笑い声がした。「〈国民保護法〉はかくも非道な法よ。ヤポネのお前が、それを訊くとは」

リリの手が、おれの袖を小さく引く。

このまま聞いていていいの？　そう問うようだった。

彼女は仄めかしているのだ。この問いの先に何があるのかを。オパロフの過去だけではない。カランバスのヤポネの過去――おれ自身の根幹を揺さぶる何かが、待っていると。

おれは彼女の手を握り込んだ。決意を示すように、力強く。

「教えてください」

「良い覚悟だ」

ニーナ氏が笑った時、がたがたと窓が揺れた。

北風だった。ディドウスを持ち上げた竜巻《たつまき》が天界を掻き回し、極北の地から冬の女王を連れてきたようだ。彼女の吐息に触れて、草木はこれからみるみる赤らんでいく。

「そう、その昔、オパロフは〈竜ノ医師〉だったのだよ。それも、竜に〈安楽なる死〉を与える特殊な医師――〈死ノ医師〉だった」

ニーナ氏の声は北風に似る。下手な憐憫《れんびん》は含めず、誰に対しても公平に厳しい。

「彼らは四百年前、カランバスの医師たちに召喚されて、ドーチエに〈死〉を処方した。ほどなくドーチエが息を引き取り、彼女のうろこに住まうヤポネが――お前の祖先だな、リョウ・リュウ・ジよ――カランバスの大地へと降りてきた。

そして彼らは訴えたのだ」

曰《いわ》く、ドーチェは死を望んでいなかった。

ドーチェは生きたかったのだと。

「竜自身が死を望んだ、という事実。それが〈安楽なる死〉を成立させるための、唯一にして絶対の条件なのだ。同意なき処方は、〈竜殺し〉に他ならない」

その同意が存在しないと、ヤポネが声を上げた瞬間から。

「オパロフは〈竜殺し〉の大罪を負い――

カランバスは〈竜殺し〉の大地となったのだ」

レオニートが連れ去られて、はや一月。待ってな坊ちゃん、とおれは呟く。

絶対に、そこから出してやるから、と。

おれが見つめるのは、飛空船。〈死ノ医師団〉の船である。一月前にそれは突如現れて、巨大蒸気機関車の横の、何もない草原に着陸した。発着場を使わない、即ち非公式の来訪者だ。けれども、その船はどんな旅客船より大きく、そして目を引いた。

竜の頭蓋骨。

それをもとに作られた船である。

空っぽの眼窩《がんか》。そこに巨大な硝子《ガラス》を嵌《は》め込んで、操縦室に仕立てている。えらの宝冠はそのままに、さらに大きく帆を張り、頭部に翼が生えたよう。上下の顎骨は無数の歯車や支柱によって連結され、どうやら開閉できる模様。

真っ黒に塗られた船体は、〈黒竜船〉とでも呼ぼうか。ただ一点、眉間に飾られた女神の像は純白だった。その柔和な腕が抱くのは、宝珠を入れた貝だ。

〈真珠ノ民〉の権威をかざす、この巨船に。

レオニートは捕らわれている。

『〈死ノ医療〉は、〈真珠ノ民《ジェムチウーク》〉のみが担うのだよ』

彼が攫《さら》われたあの日、何も知らないおれに、ニーナ氏は説いた。

『何故なら、この世界で彼らだけが、竜を殺す毒を作れるのだ』

仮面越しの声は低く、呪術師のまじないの如《ごと》くだった。

『竜の領分たる海底から、その毒は採れるという。やつらが〈真珠〉の名を冠する由来だ。〈竜殺し〉の毒を外部に流出させぬよう、〈真珠ノ民〉は全員〈死ノ医師団〉に帰属する。死神の資格を失ったオパロフも、〈真珠ノ民〉である限り、団に従う定めだ』

その呪縛の輪から、レオニートは飛び出したのだ。死を捧ぐ団から、生を守る団へと。生家も名も捨てて、ただ独りきり。

「あれが現れた日、我が団の上層部は、町でひぐま《ミシャ》に出くわしたような騒ぎだったぞ」

ニーナ氏が肩を揺らして笑うと、赤シシの仮面がかたかたと歯を鳴らす。

『私は言ったよ。受け入れろと。入団条件に明記してあるではないか。対峙《たいじ》せよ、されば開かれん――竜に対峙できる者は、何者をも拒まぬとな。実際カランバスの国法を犯したわけでもなし。あいつを送り返す正当性はなかろう』

氏が言ったところで、とおれは思った。ニーナ氏の気楽な言いように、マシャワ団長が頭を抱えるさまが目に浮かんだ。けれど何故か団長は、氏の意見を呑んだ。レオニートを受け入れ、〈死ノ医師団〉の追及を半年間、のらりくらりと躱《かわ》したのだ。

『だがこの度とうとう〈死ノ医師団〉の本部が動き出した。ディドウスが留守の間に、無軌道者《イナヴァリッ》を回収しようとな』

　おれは引っかかりを覚えた。

『ディドウスの留守を待って？　なんでわざわざ？　〈死ノ医師団〉はディドウスが怖いんですか？』

『世界が、爺さんを恐れている』

　赤シシがかたかたと嗤った。

『爺さんの飛翔を見ただろう。彼がただ一度咆《ほ》えただけで、世界中の竜たちが集まった。彼が欲すれば、竜たちは天をも動かすのだ。

　あのものぐさじじいが〈竜王〉と呼ばれる所以《ゆえん》だよ』

　その〈竜王〉の娘を、オパロフは殺害したのだ。

『まさか』おれは声を嗄らした。『ディドウスは、お嬢《ドーチェ》さんが殺害されたと――生きたいと言っていたことを、知らないんですか？』

『そうだ』赤シシが低く呟いた。『ドーチェに〈安楽なる死〉が施行された時、爺さんは愛する娘のために、狩りに出ていたのでな』

　氏曰く、ドーチェから降りてきたヤポネの訴えに、世界中が恐怖した。

竜は、愛の生きものだ。生けるうちは大地に豊穣をもたらし、死せばその遺骸が文明を興す。彼らの病は災厄を招き――その怒りは、世界を破壊する。

娘竜の無念を知れば、父竜ディドウスは激昂するに違いなく。

その瞬間、人類は滅亡するのだ。

『ゆえにカランバスと世界は秘密を望んだ』赤シシが低く呟いた。『ドーチェの意思を、ヤポネの言葉を、未来永劫伏せることを』

『だからって！』

おれは語気を荒らげた。この世界にレオニートの味方はいないのだ。その事実が如実に見えてきて、真冬の冷気の如く肌をひりつかせた。

『なんで、あいつがその罪を背負わなきゃならないんですか。ただオパロフの生まれってだけで！　それも何百年も前の〈竜殺し〉の罪を――』

『数千年を生きる竜にとって、数百年など、ほんの最近ではないか』

『でも！　ドーチェに手を下した人間と、レオニートは別人です』

『どちらも〈真珠ノ民〉だ』

なんという理不尽！　おれは愕然とした。〈真珠ノ民〉は全部同じと言うのか。それではまるでヤポネと同じだ。まとめて〈妄言者〉と後ろ指をさされる、人ならざる民と。

『それなら！』おれは怒りのあまり、拳《こぶし》を握り締めた。『〈赤ノ民〉も〈太陽ノ民〉も何もかも、ひとまとめにしちまえ！　肌の色が違うだけだ。どうせ竜の前じゃ、おんなじ人間じゃねぇか！』

『その通りだ』あっさりと氏は首肯《しゅこう》する。『同じなのだよ。竜にとってはな』

おれは咽喉《のど》を詰まらせた。拳が力のやり場を失い、ぶるぶると震えた。

『少年。お前は、ありんこの個体を識別するかね？』

ニーナ氏の話は唐突だ。おれは歯をぎりぎりと嚙みしめつつ、首を振った。

『そうだろうな。多少の知識があっても、蜜蟻《みつあり》、葉きり蟻、羽蟻と見分けるのが関の山。知らん種類はありんこの一言で済ませるだろう。

さて、ある個体がお前を嚙んだとして、それとそっくりの蟻がお前の脚を登ってきた。どうするかね？』

おれは拳を緩めた。話の向かう先が読めてきた。

『……振り落とします』

『また登ってきたら？』

『……踏んづけるかも』話しながら、おれは胸が悪くなってきた。『二度と来ないように。なんだったら巣を見つけて、根絶します――もしも、その蟻が』

自分の娘を殺した毒虫なら。

血眼になって、根絶やしにするだろう。

『竜にとって人間は、その蟻に過ぎんのだよ』

氏が常々口にする言葉だ。改めて聞くと、ぞっとする。

『身体を掃除してくれて、苦いが健康にいいものを出してくれる益虫。お喋りするから、蟻よりは面白かろうが、あっという間に寿命が尽きて、別の個体に入れ替わる。そんな矮小な生きものが、あいつは害虫でも、こいつは益虫と言い張る。さて分かってもらえるものかね?』

無理だ。

どんなに認めたくなかろうとも。答えは明白だった。

『それが、人と竜の距離なのだよ』氏は静かに説いた。『両者の体格差と同じく、決して埋まらぬ溝だ』

『だから〈国民保護法〉なのか』

おれはこの時、ようやく理解した。

『カランバスの民を守るため、ひいては人類を守るために。ヤポネの訴えがディドウスに伝わらないよう、カランバスはヤポネの言葉を封じた——そういうことですね?』

赤シシは嗤うのみだった。それが答えだった。

少女リリの小さな手が、おれの手をぎゅっと握りしめた。その指があんまり震えるからだろうか。不思議と怒りは凪いでいた。

『……ひどいわ』

『だけど中途半端だよな』おれは他人事のように言った。『言葉と学びを禁じるだけって。いっそ根絶やしにした方が簡単そうだけどな』

『事実そうした声も出た』氏の声には冷笑が混じっていた。『だが極東島《イヅル》のヤポネたちが強硬に反対したのでな。その手は打てなかったのだよ』

おれは首を傾《かし》げた。ここでどうして、イヅルが出てくるのだろう?

おれの知るイヅルと言えば、ヤポネの国。それぐらいだ。竜から降りたヤポネたちが、寄り集まって暮らす島国。

『そして古来より、〈竜ノ医療〉の最先端を牽引してきた者たちだ』

氏の声が、急に熱を帯びた。憧れ。そしてむき出しの欲望の響きだった。

『当然だ。彼らはもと〈竜人《ズメイ》〉。地上において、竜を最も知る者だ。彼ら無くして竜語の解読はなく、竜と話せぬ限り、今日《こんにち》の〈竜ノ医療〉もなかったろう』

イヅルの知識は底知れず、世界が未だ知らぬ医術を秘匿しているという。

『ただの噂でしょ？』リリが混ぜっかえした。『〈閉ざされた医療〉がまかり通った前時代でもあるまいし。優れた医療技術は広めるべしって、国際法にあるじゃない』

『建前ではな』

ニーナ氏は笑った。その含み笑いが、暗に告げていた。わざわざそう取り決めるのは、誰しもが優れた技術を独り占めしたいと思うからなのだ、と。

『噂だろうが事実だろうが、イヅルの医療水準はすこぶる高い。他国の百年は先を行っている。竜も知ってか知らずか、あの国の医療を受けにいく個体は多い。閑古鳥が鳴く我がカランバスとは大違いでな』

まぁその分、イヅルには災害も多いがな、と氏は茶化した。

氏の笑いの意味を、おれは察した。災害は竜の負の側面。竜が多いということは、竜の恵みも多い。イヅルは豊潤な土地であり、ゆえに力も強いのだ。

『そのイヅルが、ドーチェから降りた民——おれのご先祖を、根絶やしから救った？』

言ってすぐ、おれはまた首を傾げた。救った。そう言えるだろうか？

だってイヅルは。

『おれたちカランバスのヤポネを、引き取りはしなかった……つまり』

見捨てた。

その言葉を呟いてみて、これが答えだと悟った。氏を見れば、赤シシの頭蓋骨から覗く紅玉髄《カーネリアン》の目が、愉しげに光っていた。

『お前は馬鹿者に見えて、ごくまれに本質を突くな』

なんだかとっても失敬だが、この程度でいちいち引っかかっては、氏と話せない。

『おれのご先祖の告発は、イヅルにとっても不都合だったんですか？』

『そう。オパロフ同様、ドーチェのヤポネもまた、一族の不文律を破ったのだよ』

〈真珠ノ民〉に掟があるように、竜から降りるヤポネの民にも掟があるという。

『竜から降りる——ってことは、主竜が死ぬ時の掟ですか？』

『今日は冴えているな、少年！ その通りだ。

竜とて死ぬ時と場所は選べん。死が急であればあるほどに。うちのじじいを見ているとぴんと来んだろうがな！ なにしろあれは、もうじき死ぬなどと自ら言い出してこの地に営巣してから、五、六百年以上経つ。だが、あれは例外だ！』

急激な死。即ち持病の急変は、誰にも予測できない。

『全ての竜に〈竜人〉が乗っているわけではない。その差が何に由来するのか、イヅルの連中も明かさない。だがそうした竜が急変したとき、〈竜人〉には役割があるのだ』

死の苦しみに襲われ、地上に堕《お》ちゆく竜。

その〈竜人〉たちは知と力を尽くし、〈軟着陸〉させるという。

『それって』おれは〈軟着陸〉の意味を測りかねた。多分、飛行術の話ではなさそうだ。『まさか彼らも、竜に〈安楽なる死〉を……？』

『いや、似て非なるものだ。〈竜人〉たちは治療を第一義とする。主竜が再び天に戻れるよう、地上の〈医師団〉と手を組み、最善を尽くすのだ。竜が竜らしくあること、それが彼らの至上の命題なのでな』

ただ、それでもどうしても、治らぬとなった時。

『彼らは竜が死ぬ瞬間まで、苦痛を取り除き続けるのだよ』

これを〈尊厳なる死〉と呼ぶという。

氏は説く。〈竜人〉たちのこうした行いは、ひとえに竜のため。苦痛を取り除くことで、竜が竜らしくあれると信じるからだ。

けれど、それがひいては地上の利益に通じる。〈竜ノ禍《わざわい》〉は竜の苦痛に比例して増幅するもの。竜が安らかなるほど地上は安らぎ、竜が苦しむほど地上は荒れる。

かつてドーチェが、〈赤〉の大地を破壊し尽くしたように。

おれの脳内で、ぴん、と銅線が繋がった。

『おれのご先祖の〈竜人〉たちは、ドーチェの苦しみを取り除けなかったんですね？』

『責めてやるなよ、少年』氏の声は温かかった。『無能だったのではない。不可能だったのだ。たとえ〈竜人〉の技術をもってしてもな。彼ら自身、ドーチェののたうちのせいで随分と数を減らしたという』

そして、最後の〈処方箋〉が切られた。

竜を殺せる唯一の者――〈死ノ医師団〉によって。ところが。

『そこにおれの先祖が降りてきて、全てを覆《くつがえ》したんですね。ドーチェは同意なんかしてなかったぞって。地上のお前たちがやったことは、ただの〈竜殺し〉だ！……って』

当時の世界の衝撃を、おれは今、初めて実感した。

手に手を取り合って、竜の死に向き合うはずの、地上の民と竜の民。その信頼関係が、〈竜殺し〉というたったの一言で、根もとから崩されたのだ。

地上の人間は震撼しただろう。〈竜人〉は――ヤポネは地上を顧みない。たとえ大地が破滅しようとも、竜の命のみを貴《たっと》ぶ〈原理主義者〉。それが彼らの本性かと。

『イヅルのお偉方はさぞ青ざめたろう』氏がくつくつと笑った。『ドーチェの民の告発は、ヤポネ全体の存続を危うくした。ヤポネは今後も竜から降りてくる。それが地上に仇なす者と見られてみろ。世界中がヤポネ人を殺戮《さつりく》しかねん』

青ざめ、狼狽《うろた》えたイヅルと世界。彼らが出した解決策は、実に単純明快だった。

イヅルの国は、ドーチェのヤポネを。

〈真珠ノ民〉は、オパロフ家の者を。

両者を切り捨て、極北のカランバスに閉じ込めることで、世界は安寧を保ったのだ。

――なるほどねえ。

おれは心の中で呟くと、〈死ノ医師団〉の黒船を改めて仰いだ。物言わぬ竜の頭蓋骨の、空っぽの眼窩が、静かにおれを見下ろしている。

船の隣には〈竜ノ医師団〉の巨大機関車が、じっと立ちそびえていた。

〈機械仕掛けの竜〉とも呼ばれるその軀体の、巨大な車輪と連結棒は、ドーチェの骨から成るという。竜の骨に魂が宿るとしたら、ドーチェは今、何を思うだろう。かつて自分の命を奪った医師の子孫が、その罪によって未来を断たれるさまに。

巨大機関車の装甲に、植物が生い茂っている。今や、全てが紅葉していた。草木は炉に焚《た》かれる炎の色合い。風に散る葉は火の粉さながら。冷たい雪に接吻されるまで、彼らは最後の命を燃やし続ける。彼らの色に、おれは奮い立つ。

あいつを助け出す。そのために、おれたちはここに立っている。

そう、少女リリも。

「今日が絶好の機会《チャンス》ねっ」

彼女はおれの後ろで、ひそひそ喋り続けていた。

「あれから一月近くも経つけど、ずっと見張りが厳しかったもの。でも今日は手薄だわ。きっと離陸準備で忙しいのよっ」

飛空船は海も山も越える夢の乗りものだが、時間の融通は利かない。竜の群れが通った後にできる風の流れ、つまり〈竜ノ道《ドロガ・ドラコーナ》〉に乗るからだ。

竜が来るまで飛び立てず、竜の軌道が行先と異なれば、見送らざるを得ない。そのため今回のように、時には一月近く停留することもあるのだ。

「それでも飛空船が使えるのは、竜の通る道がだいたい決まっているからなのよね」

リリは興奮しているのだろう、黙っていられないようだ。

「竜の群れはね、地上に降りた竜の巣の上を巡っていくの。あと竜の亡くなった場所も。ほら、首都ドーチェにも、竜の群れが訪ねてくるでしょ。だから世界中の国が〈故竜山〉近くに首都や港町を構えているってわけ。知ってる？」

「知ってるよっ」おれは小声で答えた。

「そうよね、勉強したものね。〈竜と天候、地形、そして文明〉の科目——そういえば、試験どうだった？　昨日、受けたんでしょ？」

「楽勝だったぜ」

嘘である。正直な話、頭はレオニートのことでいっぱいで、何を書いたか記憶にない。

「さ、もう静かにしろよ。行くぞ」

そうして二人、黄金に波立つ草の中を進み出した、その時。

「おお、ここにいたか」

がさりという葉音に、おれたちはぎょっと飛び跳ねた。

振り返れば、赤シシの仮面がぬうっと、黄金の草間から現れた。

「どうして、ここに」

そんなおれの呟きを無視して、氏はやれひと仕事終えたとばかりに仮面を外した。只人ならばこれで草葉に紛れるが、あいにく氏は〈赤ノ人〉の異名にふさわしい顔貌の持ち主。金の大地に赤の肌は殊更《ことさら》に映え、見張りの目を引きそうだ。

「止めても無駄ですよ」どうか屈んでくれと乞いつつ、おれは決意を告げた。「おれたち、行きます。あいつのところに」

「おう、行け」

「ですから――」ふるうはずの熱弁が、宙に霧散した。「……はい？」

「乗り込むのだろう？　やつらの船に。よろしい、案内したまえ」

「一緒に来る気ですか？」

「おうとも」生徒に悪事を唆《そそのか》し、氏は何を驚くと言わんばかりだ。「〈死ノ医師団〉には私も用があってな。なんなら茶でも出そうと誘ってやったが、音沙汰がない。これはもう私自ら出向く他ないようだ」

とんだ不心得者よと〈赤ノ人〉は呆れてみせる。どうして彼らを呼び出せると思ったか到底解せぬおれである。

「そもそも私の研究生を勝手に連れていくなど、いい度胸ではないか。道理というものを教えてくれようぞ！」

高らかに笑う氏に、おれは「くれぐれも静かにしてくださいねっ」ときつく要請した。

「左の廊下から、一人来ます」

おれは声を潜める。

「あと十五歩……十歩……。って先生、なにやってんですかっ」

「見たまえ、学生たち」氏は明らかにわくわくしていた。「この船は〈竜骨〉をそのまま使っているぞ」

「本当だ！」リリも一緒に目を輝かせる。「あのね、リョウ。竜骨には気嚢《きのう》って空洞があるのよ。これのおかげで骨が軽くなるし、耐久性まで高まるの。それで――」

「いいから戻って！」

おれは二人の背を押しながら駆けた。廊下の角を曲がり、なんとか船員をやり過ごす。

ほっと胸をなでおろしたのも束の間、二人はまた喋り出した。

「うむ。ここは涙骨だな。とすると上下に通じている。階段があるはずだ」

「上がる？」リリが囁く。「それとも下がる？」

「さて。飛空船では『要人は下、罪人は上』と決まっているが」

おれは頭を掻きむしった。これからどうすべきか、それが問題だ。

このまま船員を避けながら、全ての部屋を覗いて回るか？　駄目だ。船の中は想像したより複雑だった。もたついている間にレオニートが移動したら、お手上げだ。

レオニートと空港の裏に潜入した時は、目指すところ、即ち船の位置が決まっていた。だから上手くいった。だが今日は。どこに行くべきか、何をすべきか、全く見えない。

なにより今日は、あいつがいない。

「なに。見つかったら見つかったで構わん」氏は無責任の極みである。「だがこちらにはヤポネの目がある。なんとかなるさ」

「なりませんよ！　ヤポネの目なんて、〈熱〉が見えるだけです」

苛立つおれに、氏はにぃっと唇を曲げた。

「己の力を見くびるなよ、少年。お前は竜の身体を故郷とする民の末裔《まつえい》だぞ」

「ここは飛空船ですよ」

「おうとも。竜の頭蓋骨を使った船だ」

氏はぐいっと指を掲げた。塩のように白い指の腹が露《あら》わになる。

「さっきも言っただろう、リョウ・リュウ・ジ。私の見立てでは、この船はほとんど骨を削っていないのだ。部屋は元ある空洞を使い、廊下は血管や神経の通り道を用い、銅管は骨髄《こつずい》中の骨梁間を這わせている。即ち」

——ここは、竜の体内である。

低く告げられた言葉に、おれの心臓がひとつ、拍動した。

「思い出したまえ、ヤポネの少年。ディドウスに相対した瞬間を。彼の背に登った感覚を。うろこの森に落ちた光景を」

地を這うような声音。ゆっくりと振られる指先。氏はまるで、強力な暗示《のろい》の力を秘める魔術師《ヴェージユマ》のよう。

「リョウ・リュウ・ジ」声が密やかに訊く。「お前は、何を見た?」

「ディドウスの」おれは夢うつつに答えた。「血の、流れです」

心臓の拍動。大血管の脈動。血潮が身体中を巡り、皮膚へと上がり、うろこの根もとをゆっくり回り、再び降りていく、熱の大河。

「そうだろう」氏は満足げだ。「お前はまた別の日、竜のうろこに巣くう寄生獣アバドンの巣を俯瞰《ふかん》してみせた。あの小さな生きものたちの熱を、だ。太陽の光の熱や、竜自身の体温に紛れそうなものを、的確に指し示した。さあ何故かな？」

氏の指が、おれの目を指した。その爪先は、患部を切り取る手術刀のようだった。

「お前の目は、熱の距離を正確に測り、〈多層化〉する。〈熱〉の奥行きを捉えるのだよ。竜の身体を切り開かずして、その全てを把握しうる力だ」

「ヤポネの、力」

「その通りだ。ただ〈熱〉を見るだけ？　笑わせてくれる。もう一度言うぞ、ヤポネの。己の力を――」

――見くびるな。

一音一音、おれはみぞおちに刻み込むように紡いだ。

「おれ。やってみます。見てみます」こめかみに手を当て、おれは宣言した。「あいつが今、どこにいるのか」

深く息を吐き、また吸う。もう吸えぬという手前で息を止めて、こめかみにぐっと力を込める。目頭がかっと熱くなった。ヤポネの目が起きる予兆だ。

剎那《せつな》、世界が色彩の爆発に沈んだ。

巨大な飛空船を形成する機械群と配管網。その中を駆け巡る蒸気の熱が、閃光《せんこう》となっておれの網膜をつんざく。眼球が弾けた。そう錯覚するほどの痛みが奔《はし》った。

「どうしたの」

少女の手が、肩に触れてきた。おれは唸《うな》るので精一杯だった。頭を抱えこみ、それでも目を閉じない。

溢れ出る涙を拭う。ここは竜の体内と、自身に言い聞かせた。機械は竜の臓器。配管は毛細血管。蒸気は血潮だ。そう思えば、この灼熱の色彩が愛おしくなる。

眩《まぶ》しさに目を細めながら透視を続ける。熱の渦の向こうに蠢《うごめ》くものがあった。人影だ。蒸気に比べれば、人肌は氷のように冷たく、ほとんど真っ黒に沈んで見える。その輪郭《りんかく》をひとつひとつ、丹念になぞった。

「上の階にはいません」

「ほう」ニーナ氏は興味深げだ。「罪人ではなかったか」

素早く目線を下げれば、涙がぼろぼろとこぼれ落ちた。視野全体がひりつく。視神経が焼き切れそうだ。極彩色の痛みの渦中で、ただ一人の影を求める。

――どこだ、レオ!

その時だった。

袖を引くかのように、目端がつきんと引き攣《つ》れた。はっと視線を落とし、はるか階下を見つめる。誰かがソファに座っているようだった。俯き、指を組み、思念に沈んでいる。首から肩にかけての、その優美な流れ。項垂《うなだ》れてもなお、曲がることを知らない背中。

彼だ。

「いた！」おれは怒鳴っていた。「最下層の最前方！」

「迎賓室か」氏は呆れた様子である。「タマルめ。引っ立てるように連れていった割には、存外甘いではないか」

なにやら訳知り顔の氏を置いて、おれは駆け出した。

「待て、研究生！」

抑えた呼び声が届くも、振り返らない。

もう目がもたない。そう予感していた。

「道を言うぞ！」くっついてきたリリに、おれは怒鳴った。「覚えてくれ！」

「分かった！」リリが息を切らして答えた。「言って！」

見たこともない光の量に、おれの目も驚いているらしい。引き算を忘れて、飛び込んでくるもの全てを無差別に受け止める。

熱という熱が突き刺さり、視野をぐちゃぐちゃにかき乱す。ものの輪郭が溶け、混ざり合い出した。もはやどこもかしこも光り輝き、真っ白に溶け合い、視界をまだらに潰す。純白の闇に堕ちる前に、おれはがむしゃらに駆け続けた。

どこをどう走ったのか分からない。

おれの脳と視神経は、もはや限界に来ていた。〈熱〉が網膜に焼きつき、残像が去ってくれず、涙がぼろぼろと零《こぼ》れ続ける。

そんなおれの手を、リリが懸命に引いていた。彼女がいなければ、おれはとっくに道に迷い、敵に見つかっていただろう。

「ついたわ」リリが囁いた。「見張りはいないみたい、行きましょ！」

ぐんっと引かれて、おれはたたらを踏んだ。まだ視界は真っ白だ。アバドンを見た時もしばらく目が開けられなかったが、今回はしつこい。酷使しすぎたようだ。

戸をこんこんと、控えめに叩く音がした。リリだ。しかし扉は開かない。音を頼りに、おれも扉へと縋《すが》った。

「おい、レオ。聞こえるか」

自分の囁きの振動すら、ずきずきと眉間に響く。いよいよ立っていられず、戸へと寄りかかろうとした、その寸前。

扉がいきなり、開け放たれた。

支えを失って、おれはもんどりうった。床に強《したた》かに身をぶつける！　そう思った時だ。

おれはふわりと持ち上げられた。

この優雅なる馬鹿力。やつだ。

「どうして」甘くかすれる声が、呟いた。「お二人とも、なぜ、ここに」

決まっているだろうと、おれは笑った。

リリも怒ったように、鼻を鳴らした。

「さあ、帰るぞ」

「さあ、帰りましょ」

手を差し伸べたのも、きっと同時だったろう。

「なんて無茶を！　捕らえられたら、どうするのですか……！」

おれを支える腕が、ひどく震えている。おれはぽんぽんっと叩いてやった。大丈夫だ、
そんなヘマはしない。そう太鼓判を押したつもりだったが。

「覚悟のうえなのよ、リョウは」

リリの解釈はちょっと違うようだった。

「あなたの心配は分かるわ、レオ」落ち着いた声だった。「飛空船内は、目的地の法律が適用されるものね。この船はいったん、カランバス本土を経由するんでしょう？　つまりこの船の中は本土と同じ。

――〈無軌道者〉のリョウは逮捕されかねない」

えっ？

青天の霹靂《へきれき》であった。リリの声の方角へ顔を向ければ、白濁《はくだく》の世界に少女の輪郭が淡く浮かんでいた。表情までは読めないが、少女は真摯《しんし》におれを見つめている様子。

「もちろん〈不逮捕特権〉はあるわ」おれの当惑に気づかず、リリは滔々《とうとう》と説き続ける。

「だから〈竜ノ巣《ゲネズド・ドラコーナ》〉にいる間は安心。でも、本土に踏み入るのはとっても危険なの。ニーナ先生に聞いたから間違いないわ。〈無軌道者〉を捕らえるためなら、憲兵はどんな汚い手も使うって。例えば先に捕まえて、無理やり脱退させる方法もあるって」

ならば教師として止めるべきでは？

むしろ嬉々としてついてきた指導医の、その無責任ぶりを責める。そんなおれの内心をつゆ知らず、リリは高らかに宣言した。

「それでも来たのよ、リョウは！」

冒しがたいほど、澄み切った声だった。

「とっても勇敢なの。とっても尊い行いだわ。だからあたしも手伝うって決めた。レオ、あなたは帰るべきなのよ！」

繋いだままの手をぎゅうっと熱く握りしめられて、おれは本心を告げ損ねた。

「お、おうとも。おれはゆうかんなんだ」

実際のところは、とにかくレオニートを取り返すことしか頭になかっただけだが。

思えばリリの言う通りだ。〈竜ノ巣〉に来る時に有利となった規則が、今回は反転したわけだ。ニーナ氏を恨むより、おれの馬鹿さ加減を恨むべきだ。強いて言い訳するなら、危険を考える時点で迷っている証拠であり、迷えば成功も遠ざかる——気がする。

なんにせよ、今やるべきことは一つだ。

「さっ、とっとと出るぞ！」

幸いにして視野は幾らか戻ってきていた。我が身の危機を実感して、脳が奮い立ったのかもしれない。おれの内心を悟ったか否か、レオが「そうしましょう」と賛同した。

「ではお二人とも、急いでこちらへ」

そう告げるや、彼はすっと離れていく。やっと回復してきたおれの目に、彼の後ろ姿がおぼろに映った。硝子張りの床を踏みゆく彼の、足捌《さば》きひとつひとつが雅やかで、虜囚の身とは思えぬ余裕ぶり。第一どうして入り口の扉から離れていくのか——と思いきや。

硝子の床へと、彼は屈み込むと。

避難用のハッチを、ぱかっと開けた。

「さ、どうぞ」

「出られるんじゃねえか！」

おれはついに、声を潜めるのを忘れた。

「もちろんです」真実を述べる際、レオは人の心に忖度《そんたく》しない。「迎賓室を船底部に設置するのは、緊急時に脱出しやすいためですから」

抜け穴のすぐ先は、地上だった。黄金色の草原の波立つさまが間近に見える。もしやとおれは眩暈《めまい》を覚えた。わざわざ船内に侵入せずとも、この硝子の床の下に潜れば、レオの姿が見えたのでは。

おれの考えを見透かしたか、リリが「それを結果論っていうのよ」と諭《さと》した。

「レオの場所が見えたのは、船内に入ってからでしょ。さ、行きましょ」

さっさと避難口に歩み寄る彼女を、おれはまだおぼつかぬ目で、よろよろと追った。

ところが真っ先に降り立つべき男が、いつまでも動かない。

「お二人とも、どうぞお先に」

爽《さわ》やかに笑んでみせるも、レオの口もとは、隠しきれぬ陰が差していた。おれとリリは顔を見合わせた。一緒に来るんだよな？　そう確かめる前に、レオは目を伏せた。

「ごめんなさい」

――僕は、行けません。

謝罪の裏に、その言葉を聞き取って、おれは絶叫した。

「なんでだよ！」

それでもレオは「ごめんなさい」と繰り返す。

「来いよ！」おれもまた、言葉を繰り返すのみ。「そのために来たんだぞ。お前抜きで、おめおめ帰れるか！」

「帰ってください！」ついに、レオが暴発した。「帰って。さあ、今すぐに！」

青金の髪を振り乱し、レオが怒鳴る。

初めて目にする、激しい形相だった。

「誰が頼みましたか、助けて欲しいと。あの夜はっきりと、お別れを申し上げたではないですか。あれでは御満足いただけませんでしたか？」

「誰が御満足するかよ！」おれも負けじと爆発した。「お前、おれを馬鹿にしてんのか。はい、さいなら。それで済ます男だと思うのかよ？」

「思いませんよ！」

「おぉ、思わねぇだろうな！」

もはや売り言葉に買い言葉。互いに何を言っているのやら、理解していない。

「思わないからこそ！」レオの声音は、血を噴かんばかりに嗄れていた。「だからこそ、はっきりとお伝えしたのです。僕はここを去ると。〈死ノ医師団〉の命に従うと。せめて、リョウ。貴男《あなた》だけでも――」

ここに、残れるように。

はっと口をつぐんだレオの、放ちかけた言葉を、おれは確かに聞き取った。

思い出されるのは、レオが連れ去られたあの日。おれに摑みかかった黒衣の女に対し、彼はこう告げていた。

『その手をお放しください――彼の身の安全は保障されたはずです』

国法をも超越する〈真珠のくびき〉。オパロフ家の大罪。世界の課した禁忌を、レオは軽やかに脱ぎ捨てて、〈竜ノ巣〉を目指した。

そんな大胆にして優雅なる逃亡者が、どのようにして膝を折らされたのか。

今はっきりと見えた気がした。

謝罪すべきか。感謝すべきか。それとも罵《ののし》るべきか。そのどれも違う気がして、おれが声を出し損ねていると。

「――美しい友情だこと」

か細い声に、おれたちは弾かれたように、部屋の入り口を振り返った。

扉の辺りは、影に沈んでいた。船室は広く、太陽の光が届かない。そこに白い女の顔が浮き上がっていた。彼女の纏《まと》う衣服は黒く、まるで一足先に極夜が訪れたよう。

「〈竜よりいづる《ヤ・ボ・ネ》〉の蛆虫さん」

それは亡霊の声だった。

「ここまで追ってくるなんて。オパロフの纏う死竜の香は、そんなにも甘い――？」

柔らかな問いかけとは裏腹の、情の通わぬ硬質な声音。

レオを連れ去った女が、おれたち三人を眺めていた。

「リョウ・リユウ・ジ。真実を知る〈妄言者《ルオーシユ》〉の子」

かつんと一歩、部屋に踏み入れて、女は囁く。

「良かったわ。こうして貴男のほうから、私たちの船に入ってきてくれて」

ゆらりと、女は腕を垂らした。レオが素早く、おれを背に庇《かば》う。女とは十歩以上開いているにも拘らず、いつでもおれを避難口に落とせる位置を取っていた。

「彼には手出し無用のはずです、タマル」

レオが低く唸る。それを風の音と聞き流して、女はおれを見つめた。

「教えて、ヤポネの子」か細い声が囁く。「貴男はどこまで知っているの……?」

「答えないで、リョウ」レオが鋭く制する。

「カランバスのヤポネは、何も知ってはいけないの」女は瞬《まばた》きもなく、おれを見つめる。

「彼らが愛するのは、主竜ドーチェだけよ。病に苦しむ竜が、地上に何をもたらそうとも構わない。主竜が無事に天に還ることだけを願う。そんな人たち――」

女はわずかに小首を傾げた。

「だからこそ、ドーチェの〈同意〉を覆すなんて、大それた真似をした」

鎌をかけられていると、おれは察した。ドーチェがオパロフに殺されたこと、ヤポネが訴えたこと。地上の世界が伏せ続ける過去を、暗に仄《ほの》めかしている。

当然ここは、しらを切るところだ。持てる限りの無垢な顔でとぼけてみせよう。

「知らないぞ?」

「――知っているのね」

何故だか見切られた。

「ディドウスの〈医師団〉も愚かだこと」女は小さく吐息をつく。「ディドウスがこの地を離れないから、かろうじて存続しているだけの、斜陽の〈医師団〉。彼の命が尽きれば即座に解体されるものを、ヤポネの子供に何をさせる気なのかしら……？」

一切の情の通わぬ瞳が、淀みなくおれを見透かす。

「帰すわけには……いかないようね」

レオが動いた。

「行って、リョウ！」

彼の手が、おれを突き飛ばす。貧弱なおれの身は、それだけで易々と宙を舞う。硝子の床の穴に吸い込まれながら、おれは思わず腕を伸ばした。離れていく彼を惜しむように、宙を掻く。

そんなおれの手を摑んだのは、ひどく冷たい指だった。

さながら白頭鷲《アリヨール》だ。長い爪が、肌へと喰い込む。空に攫われる仔ぎつねの如く、おれは再び浮いた。漆黒の靴に踏みしだかれてやっと、何が起こったか悟る。

あれほど離れていたというのに。

女の手の中に、おれは落ちていた。

「リョウ！」レオが叫ぶ。

「諦《あきら》めなさい、レオニート」女は囁く。この世の何にも関心のないように。「これがこのヤポネの子の——カランバスの運命なのだから」

レオは跳躍した。おれを取り返そうと、女に摑みかかる。けれども次の瞬間、彼は床にしたたかに叩きつけられていた。

甲高い悲鳴が上がる。リリだ。逃げろ、お前だけでも！　おれはそう言おうとしたが、女の足が胸に重くのしかかり、声はおろか、息もろくにできない。

レオが果敢に、そして無謀にも、再び女に立ち向かう。女はおれの上から微動だにせぬまま、彼を軽々とあしらった。何が起こっているのか。せめてそれだけでも知りたいと、おれはヤポネの目を呼び起こした。

女の両腕。長い袖の下に、それは隠されていた。

籠手《こて》だった。女の体温よりわずかに温かく、おれの目にぽうっと光って映る。うろこを重ねたような形は、竜の腕にも似ていた。

レオが飛びかかってきた。女は軽く籠手を振るう。その瞬間だった。糸のようなものが発射された。熱を通さねば見えぬ細さ。けれども鞭の如く強靭で、しかも蜘蛛《くも》の糸の如く粘るものらしい。レオの身体が搦《から》めとられ、振り回され、床に打ちつけられる。

「何故ですか、タマル！」

レオが咆えた。

「貴女《あなた》が。貴女までが、世界に屈するのですか――姉上！」

血を吐くような声だった。

おれは打たれたように、女を見上げた。気配を察したか、女がおれを見下ろしてきた。

その顔に、どうして気づかなかったのだろうと思う。青金に輝く髪。緑にも紫にも変じる銀色の瞳。何より、この立ち姿——そっくりだった。

「私はもう、貴男の姉ではないのよ」

レオと異質なのはただ一つ。

世界の何にも期待しないような、この冷たい声音だった。

「忘れたの……？　私は去年、オパロフの家を出された。カランバス国から去った身よ。代わりに貴男が、オパロフを継ぐはずだったのに」

真冬の氷のように底知れぬ瞳が、地に伏す弟を見遣った。

「いつまでも駄々っ子で……困ったこと」

レオがもがく。自身を縫い留める糸を、満身の力で引きはがそうとしている。けれどもタマルがついっと指を上げた。新たな糸が、彼を組み伏した。

おれは捕らえられ、レオは屈服して。タマルに逆らう者は、これでいなくなった。

そう思われた時だった。

「いい加減にしなさいよ！」

甲高い声が、きーんと部屋に響いた。

リリだ。レオの前に飛び出して、庇うように手を広げる。

「馬鹿野郎！」おれはやっとの思いで叫んだ。「逃げろ、リリ……！」

「野郎ってだれよ」少女はふんっと鼻を鳴らした。「あと馬鹿でもないわよ、あたし」

揚げ足取りなんぞしている場合か！

そう言いたかったが、タマルの靴がみぞおちに食い込み、ぐうっと呻くだけに終わる。

「——あなた」

タマルがか細く呟いた。けれども彼女が続きを言う隙はなかった。

「やるならやんなさい」少女は勝手にまくしたてる。「けど覚悟しなさいよね。あたしはこの〈竜ノ巣〉で生まれた子供よ。しかも〈竜ノ医師団〉の正当な団員なのよ。みだりに傷つけたら国際問題になるわよっ」

きゃんきゃんと喚く仔犬。それがリリだった。早口だから分かりにくいが、声が震えている。タマルの指の一振りで、簡単に黙らせられるだろう。

けれども不思議なことに、女は動かなかった。わずかに小首を傾げ、少女を観ている。

この女でも、興味をそそられることがあるのだろうか。

「だいたいあんた、オパロフの出だったのね！」

リリは怖いのだろう。それを隠すように、態度がますます大きくなっていく。

「だったら、ちらっと思ったことないの？　このままでいいのかって。さっき、あんたも言ったでしょ。カランバスの医師団はいずれ無くなる。ディドウスと一緒にね。その時、カランバスの国自体も無くなるんだわ。他の竜に来てもらわない限り！」

人は竜のふもとに生きるもの。

竜の降りぬ地に、国は興らない。

「だから、もっともっと、たくさんの竜に来て欲しい。カランバス人なら、そう思うはずでしょ。ましてやオパロフは昔、〈竜ノ医師〉だったじゃない！」

「昔々の話よ」

いっそ優しげに、タマルは囁いた。

「それにカランバス人は、貴女ほど勇敢でもないのよ。特に本土の人たちにとって、竜は災厄でしかない。彼らは、竜を恐れている。

——新たなドーチェが墜ちてくるのを」

けれどもリリは「お生憎さま！」と、気丈に笑い飛ばした。

「その本土の人が崇める〈赤ノ人〉が、新たな竜をお望みなのよ！」

堂々と胸を反らす少女とは裏腹に。

おれはとうとう幻聴が聞こえ出したかと思った。

本土の人が、誰かを崇めるとか聞こえたような。何故だか脳裏に赤いシシがちらつく。

聞き覚えのある高笑いがこだましていた。駄目だ、おれはもう長くないらしい。

意識を手放そうとするより、一拍早く。

扉が高らかに、ばあんっと開け放たれた。

「待たせたな、我が研究生よ！」

夕焼けよりも赤く燃え立ち、その人は言い放つ。

「よくぞ耐えた。褒美代わりに、私手ずから救いにきてやったぞ！」

――なに真正面から来てんですか、先生！

おれの心の叫びを関知せず、ニーナ氏は笑う。真っ赤な唇に浮かぶのは、このうえなく不敵な笑み。

「さあ、話し合いと行こうじゃないか、〈死ノ医師〉どの」

「なんで本当に、話し合いになるんだよ」

おれは呆然と呟いた。

ニーナ氏が上座に迎えられているからだ。

氏の前にあるのは、立派な〈竜鱗〉造りの長机だ。その上に、茶菓子がずらりと並ぶ。うず高く積まれた菓子は全て色砂糖で飾り立てられ、茶も酒もいったい何種類あるのか。〈赤ノ民〉が愛飲する、真紅の茶まで揃える歓待ぶり。

「さすがは世界の富を握る〈真珠ノ民〉よ。豪勢なことだ」

氏は不遜極まりなく言うと、これまた〈竜鱗〉造りの長椅子に胡坐《あぐら》をかいたまま、酒をあおった。

そんな氏の横に、おれは横たえられている。

「具合は如何《いかが》ですか、リョウ」

打ち身だらけのおれを、レオが甲斐甲斐しく世話を焼く。

「枕を足しましょうか。寒くありませんか。毛布でも持って来させましょう。何か、口にできますか。ビーツ豆粥《まめがゆ》でも作らせましょうか」

よくよく聞けば全て使用人にやらせる前提だが、心配してみせるだけマシと言えよう。

ニーナ氏なぞ「痛み止めは打ったのだ、転がしておけ」とぞんざいに言い放つ始末。

氏のもう一方の隣には、リリが座っている。気持ちが昂《たかぶ》ったままのようだ。鼻息も荒く「今更歓迎してみせたって、信用しないんだからねっ」と啖呵《たんか》を切る。

そんな少女の挑発を受け流し、タマルは下座についている。

机上の賑やかさとは裏腹に、タマルの顔は苦かった。とかく表情の乏しい彼女をして、これだけの渋面を為さしめるのだ。氏の厄介ぶりがよく知れた。

「御久しゅうございます」

暖炉の煤《すす》ほども有り難くなさそうに、タマルは一礼した。

「カイナ・ニーナ閣下――古き良き〈赤ノ時代〉の象徴にして、カランバスの元首」

「げんしゅ？」

おれは奇声を発した。

「いったい誰が⁉」

「私だ」

ニーナ氏は胸を張る。

「正確には、もと元首だがな。私の代で、元首の称号は国民に返上した。今はカランバスの一市民、そしてディドウスの一介の医師だ」

堂々たる態度のせいで、冗談にしか聞こえない。しかしレオを見れば弱った笑みが返るばかりだし、リリは誇らしげに鼻を鳴らしてきた。知らなかったのは、おれだけらしい。

「なんで、先生なんかが元首なんですか？」

混乱に乗じて、おれは本音を漏らしたが、氏は意に介さない。

「カランバスはもともと〈赤ノ民〉の地だ。よって〈赤ノ民〉をまとめる大首長が、国の元首とされる。〈赤〉の顔であるがゆえに、〈赤ノ人〉――つまり純血が継ぐのだ」

純血の一言に思い出す。〈赤ノ屋敷〉へと初めて訪れた時だ。仮面が無数に並ぶ廊下で、氏は最後の〈赤〉だと聞いた。あれはこういう意味だったのか。

「かろうじて曾祖母の時代は投票で選出していたがな。交雑が進み、今や純血は私の一族だけ。以降、元首の称号は世襲になったのだよ。まこと非合理な因習だ！」

そうして氏は継ぐや否や、称号を返上したという。

おれは呆れた。

「要らないからって、返せるものなんですか」

「だから、〈竜ノ巣〉に来たのだよ」

氏は悪びれもしない。

「お前たちと同じだよ、我が研究生たち。対峙せよ、されば開かれん。竜に対峙できれば他は不問だ。その規定を利用して、私は〈竜ノ巣〉に入ったのだよ」

なんでも十五年ほど前のことらしい。

そうか！　おれはふと思い至った。以前から不思議だったことがある。恩人イリェーナ先生のことだ。

先生は生真面目な、もとい誠実なお方。おれを逃がすために医師団を利用するなんて、奇策を思いつく性質ではない。しかし謎は解けた。先生は〈赤ノ人〉の暴挙を知っていたのだ。ニーナ氏を受け入れた医師団なら、ヤポネも受け入れるはずと賭けたわけだ。片や隣のレオを窺《うかが》えば、さっと目を逸らされた。やっぱりと確信する。博識な彼のこと。オパロフから出るために、氏のやり口を参考にしたのだろう。

「妙策だろう、え？」

ニーナ氏は自慢げに宣った。自分が全ての元凶という自覚はないようだ。

当時の首都は大騒ぎになったという。〈赤〉の歴史にいきなり幕が下ろされたのだから当然である。あまりの衝撃に、本土ではニーナ氏の名を口にすることすら憚《はばか》られており、中には元首の失踪そのものがなかったように振る舞う者も多いとか。

おれは首をひねった。

「いなくなった人を、まだいることに出来るもんですか？」

「それだけ、いてもいなくても同じだったのだ！」

馬鹿馬鹿しい、と氏は頭を振った。

「当時から、元首職とは名ばかりだった。法は議会連が取り決めており、公務は行政院が担っていたのだから。御大層な印章を打つだけの、つまらん職よ。巷《ちまた》では〈判子《ペチャーツェ》〉と呼ばれていてな！」

言い得て妙だと氏は膝を打つ。頭が赤いから、判子というわけだ。侮蔑にも思えるが、氏は飄々《ひょうひょう》と笑う。

「私の奇行に議会連は慌てていたが」氏の潔《いさぎよ》いところは自らの逸脱ぶりを自認する点だ。「私に言わせれば、ただの怠慢だよ。子が生せる〈赤ノ人〉は、もはや私だけ。私の子は純血にならん。いずれ絶えるものが一代早まっただけのこと。皆も気づいていたから私を連れ戻そうとせず、元首号は国民に返上となったのだよ」

もっともらしく述べ立てる氏に、おれは疑いの目を向ける。つまりは面倒な仕事を投げ出しただけでは？

おれの無言の疑惑に、氏は堂々と胸を張った。

「それがこの国のためなのだ。私が国の顔であり続けたら、世界はカランバスをたいへん誤解したことだろう！」

なるほど。おれは深く納得した。

ちなみに氏が失踪した頃、おれは生まれたばかりで、首都から延びる線路のどんつき、〈廃棄穴〉で骨片《くず》にまみれていた。その穴から這い出した時には十年ほど経っていたし、ましてや学びを禁じられたヤポネの身。どうりでニーナ氏の名を知らぬわけだ。

自身の無知に言い訳がついて、安心するも束の間、おれは更なる衝撃に見舞われた。

「たとえ、元首号がなくとも」

タマルが淡々と言葉を紡いだ。

「閣下は最後の〈赤ノ人〉であり、カランバスの象徴。名は只人でも、閣下こそこの国の当主。

ましてやカランバス唯一の竜、ディドウスの〈真の主治医〉ともなれば――」

なんですと？

おれはぽかんと顎を落とした。

いったい、なんの話だ。ディドウスの主治医は、マシャワ団長のはずでは？　たまらず問いかけそうになるも、待てよと思い直す。

ディドウスがアバドンに寄生された時のことだった。図書館にいるニーナ氏を、団長がわざわざ訪ねてきた。そればかりか、医師団の名だたる科長たちが皆、氏のもとに集い、病魔の再発を報告し、意見を求めたのだ。

あれは確かに、〈主治医〉に対する振る舞いだった。

「どの国でも〈竜ノ医療〉は国事となる」

タマルは密やかに告ぐ。

「表向きは〈政治不介入〉としつつも、それが真実。ましてやこの国の竜は、ディドウスただ一頭。彼の生死はカランバスを揺るがし、民の命を左右する」

タマルは再びこうべを垂れた。此度は、真の敬礼らしく映った。

「カイナ・ニーナ閣下。貴女は形骸化した〈元首号〉を捨て、国難の最前線に出ていらしたものと、私は理解している」

ニーナ氏はいつもと変わらず笑みを浮かべたまま、タマルの礼を受け止めた。背に負うシシの仮面がかたりと傾き、嗤うように大口を開ける。見慣れているはずの奇妙な面が、今日はどういうわけだろう。やたらと大きく、重く見えた。

「だからこそ、お訊きしたい」

タマルが顔を上げた。前置きはもう充分と言うように。

「ヤポネの子と、オパロフの子。世界の禁忌を破って、閣下は二人を受け入れた——その御心はいったい、どこにあるの……？」

その静かな声音は、さながら銃口を突きつけるが如くだった。

対してニーナ氏は、くわっと大口を開けて、なんと茶菓子を頬張った。

「それはもちろん、その禁忌とやらを破るためだ！」

このふざけた人と真剣に話さねばならぬタマルが、いっそ不憫《ふびん》である。

「当然であろう？　私が破らずして誰が破るのか。私には最後の〈赤〉として、この国を解放する使命があるのだよ」

実に都合の良い理論を放言して、氏はずいっと身を乗り出した。

「タマルよ。なんならお前も、私のもとに来てよいのだぞ」

「ご冗談を」タマルはひとかけらも笑わない。

「なんの、冗談なものか」ニーナ氏は笑う。この人はいつも笑っている。「弟もなかなか面白いがな。私が本当に欲しかったのは、お前なのだよ、タマル」

氏の紅玉髄の瞳が、獲物を見た鷹のように、きゅうっと細められた。

「全くもって、惜しいことをした。どう勧誘しようか思案している間に、〈死ノ本部〉に引き抜かれてしまうとはな。

予想外だったが、しかし意外ではなかった。〈死ノ本部〉の石頭も動くほど、お前には才があった。雪に埋もれさせるにはあまりに惜しいと、誰しもが思うほどに」

氏曰く、オパロフは〈死神〉ではなくなった。けれど〈解剖〉の権は今も持っている。ゆえにオパロフの人間は幼い時から、ドーチェの〈故竜山〉に登るという。

一つは、ドーチェの病を解明するために、
一つは、オパロフの技を繋ぐために。

技と聞いて、一片の記憶がおれの脳裏を走った。ディドウスに初めて登った日のこと。背中を掻きむしる竜の爪。それを避けて駆ける、レオの足捌きだ。

「かつてのオパロフはな、リョウ・リュウ・ジ」

氏は時々、おれの心のうちを的確に読む。

「〈死ノ医師団〉の中で最も傑出した〈登り手〉の集団だった。だからこそ、ドーチェのもとに派遣されたのだよ」

ある日突然、天より堕ちてきた若き竜。たとえ脚が折れ、翼が破れようとも、のたうち続ける巨大な災厄。

〈堕天竜〉ドーチェに登りうるのは、オパロフの者だけだったという。

「その技は失われていないようだな」氏の紅い瞳が、欲望にぎらついていた。「なんでもタマルよ。お前はオパロフの伝説の登り手、ドーチェを送った当主の再来と謳われているそうではないか」

「皮肉でしょう」タマルは冷ややかだった。「それに閣下のもとには、私よりもはるかに卓越した登り手がいるはず」

これにリリが身じろぎした。どことなく誇らしげな顔に、おれは母親のことを考えたんだなと察した。

看護主任は確かに常人ならざるお方だ。だけどな、リリ。おれは心の中で諭す。こりゃ嫌味だ。このお高くとまったオパロフのお嬢が、お前の母ちゃんを知るはずないだろ。

「確かに、私の配下の者は粒ぞろいだ」

氏もまたリリ同様、嫌味の通じぬ相手だった。

「しかし、まだ足らんのだ。その欠けを埋めるのはお前だと信じていたが、来ないのなら仕方ない。代わりに――」

ニーナ氏の真っ赤な指先が、タマルから外れ、レオを指し示した。

「弟をよこせ、タマルよ」

氏の真っ赤な舌が、炎のようにちらついた。

「こいつは将来、〈竜王〉ディドウスの〈死神〉となるのだ」

この時ばかりは、絶句したのはおれだけでなかった。

レオが目を見開いている。リリもだ。タマルですら、わずかにのけぞった。けれども、次にタマルが口を開いた時、その声音は氷土のように硬く凍っていた。

「まさか、閣下。〈竜王〉に、死を迫るおつもりなの……?」大罪人を見る目つきだった。

「かつて〈赤ノ民〉が、ドーチェを唆したように」

刹那、辺りが血の色に染まった。

夕日が差し込んだと気づくのに、数拍かかった。

迎賓室の前方に、ぐるりと張られた窓硝子。その向こうで、雲が強風に散り、夕焼けが地平線に燃えていた。

極北の秋は早足だ。昼の時間は日ごとに縮まり、朝焼けと夕焼けの時間が延びていく。やがて、あけぼのとたそがれの境界が消えれば、常夜の冬となる。

上座にゆったりと座る〈赤ノ人〉。その輪郭は夕日の照り返しに溶けていた。赤い影に向かって、おれはかすれた声で問うた。

「〈赤ノ民〉が、お嬢さん《ドーチェ》に、死を迫った……？」

答えはなかった。おれはタマルへと振り返った。

「どういうことだ？　ドーチェ自身が『死にたい』と言ったんじゃないのか？」

タマルの前では、何も知らないふりをする。その心づもりはすっかり抜け落ちていた。もっともタマルの方も、もはや気にしていなかったろう。秘密を包む婉曲な物言いを捨て去り、むき出しの真実を口にしたのは、彼女だ。

「ええ」

タマルが幽《かそ》けく呟く。数百年さまよい、疲れ果てた亡霊のような声だった。

「全てを終わらせたいと、ドーチェは言った。当時のカルテにもあるわ。でもそれは」

誘導されたもの――

タマルの薄い唇が動くのを、おれは見つめるのみだった。

「考えてみて、ヤポネの子。ことの始まりを」亡霊の声が過去に誘う。「我らオパロフが派遣されたのは〈死ノ医師団〉に要請があったから。我ら〈死ノ医師〉は自ら動くことはない。現地からの訴えがあって初めて、診察に赴く」

手の施しようがない。竜も地上もこれ以上もたない。そうした耐え難い悲鳴が上がって初めて、〈死ノ医師団〉は竜のもとへ現れる。

では、ドーチェの時、誰が〈死ノ医師〉を呼び寄せたのか。

「当時のカランバスの医師たち」

おれはやっと声を絞り出した。

「〈赤ノ民〉の医師たちか」

カランバス建国以前。この極北の大地は、〈美しき赤の大地《クラスーナヤ》〉と呼ばれていた。雪原に真紅の髪をなびかせ、大角鹿を追いし人々の地と。

そこに、〈堕天竜〉ドーチェが降ってきたのだ。

巨大な災厄は苦しみにのたうち、大切な牧草地を根こそぎ踏み荒らしていく。

「〈赤ノ民〉は、ドーチェを止めたかった？」おれは喘いだ。「それがために、ドーチェに死ぬよう『唆した』？」

沈黙が答えだった。

「嘘だろう……？」

おれは呟いた。そして叫んだ。

「嘘だろう？　だって、それが本当なら」

ヤポネの告発が、真実じゃないか。

そう言い放つ前に、咽喉に鈍い痛みが走った。血の味がする。切れたのかもしれない。

咳き込んでいると、〈赤ノ人〉の声がした。

「ドーチェは平地を抉《えぐ》り、森を倒し、谷を崩し、河を潰した。極北の痩せた土はひとたび削られたら戻らなんだ。彼女に潰された死者も多く、ゆえに〈赤〉は遊牧の旅を止めた。旅せぬ〈赤〉は〈赤〉にあらず。ドーチェの墜落は、〈赤〉の終焉となったのだ」

「だからって……！」

おれはしわがれた声で、氏に唸った。

これが激情というものかと、おれはぼんやり思った。憎いのか哀しいのか。誰のために何を感じているのか、良く分からない。ニーナ氏が当時の〈赤〉の医師ではないことは、重々理解している。それなのに。

ヤポネとオパロフと〈赤ノ民〉、そして〈死ノ医師団〉。

ドーチェを看取った者が、時を超えて、ここに集結している。そんな錯覚を覚えた。

「オパロフ！」

おれはあらん限りの声で叫び、タマルを真正面から指した。

「お前たちは気づかなかったのか？　お嬢さん《ドーチェ》は同意していないと。〈死ノ医師団〉は、地上の人間の訴えを丸のみにしたのか？」

これにタマルは、ゆっくりと瞬きした。

「そう」その声は氷のように、冷たかった。「オパロフは、い、い、しくじった」

その瞳は氷のように、透き通っていた。

「世界は色々と言い訳を並べるけれど、少なくとも私はそう見ている。当時のオパロフの医師は、〈赤ノ民〉の訴えに同調してしまった」

それは〈死ノ医師団〉にあるまじき失態。そう聞こえた。

「確かに、ドーチェは難しい症例だったのでしょう。当時のカルテを見ると、ドーチェは墜落した時点で既に、認知機能が低下していた。意思決定できる、ぎりぎりの状態まで。しかも、その進行は速かった――哀しいほどに」

オパロフの医師たちが到着した時、ドーチェはもう話せる状態ではなかったという。

「そんな」おれは呻いた。「ならオパロフは、ドーチェの意思をどう確かめたんだ」

答えたのは、ニーナ氏だった。

「確かめられなかったのだよ」

氏はまだ、赤い日差しの中にいる。彼女が話すたび、真っ白な歯だけがちらついた。

「もはや、その術がなかったのだ。ドーチェとの会話は困難、アテトーゼのために簡単な意思疎通もままならん。ゆえに意思の検証は、記録によって行われた」

ドーチェのカルテである。

「カルテを書いたのは、それまでドーチェを診療していた医師たち、即ち〈赤ノ民〉だ。彼らはドーチェの苦しみを記した。切々と、生々しくな。だがここに、彼女と同じく苦しんでいた者がいたのだ。彼女を診る医師であり、彼女の病床となった大地の民たちだ」

さて、と氏は呟く。

彼らの書いたカルテは、ドーチェの心だけを映したものかと。

「閣下」

タマルがゆらりと立ち上がる。彼女のいる場所は奥まっており、夕日の赤は届かない。全てが紅く染まった船室において、彼女の衣だけが漆黒に保たれていた。

「その〈赤ノ民〉の末裔たる貴女が、再び〈死ノ医師〉を欲する。その御心はいったい、どこにあるの……？　ドーチェの父親が暴れ出す前に、慈悲深く殺してしまいたい？　そのために〈死神〉が欲しい……？」

夕日が沈み、光の角度が変化した。タマルのもとに日が差し込む。細い手がきつく握られている。白いはずの手が夕焼けに染まり、あたかも血が噴き出すようだった。

「カランバスは〈竜殺し〉の大地よ。〈死ノ医師団〉は手を引いた。未来永劫、この地に〈死ノ医師〉を置くことはない」

鋭い言葉に、ニーナ氏が口角を上げる。日射しが逸れて、最後の〈赤ノ人〉の輪郭は戻っていたが、その歯茎はなお、血を呑んだように赤かった。

「では訊こう。世界は、〈竜王〉から〈死ノ権利〉を奪う気かね？」それは炎の声だった。「ディドウスは世界最古の竜。即ち現在、最も死に近い竜だ。いずれ来たる時のために、あらゆる道を用意するのが〈主治医〉たる者の務め。

それなのに世界は、爺さんにだけ、〈安楽なる死〉への道を閉ざすというのかね？

……それこそ竜の不信を買うというもの」

氏の揺さぶりに、タマルは顔色一つ変えない。

「ならば〈竜王〉に言って。〈死〉が欲しければ、カランバスを出るようにと」

「ほう、爺さんの巣の位置が悪いと?」氏は悠々と嗤う。「それは〈国際法〉違反だな。第一条にあるだろう。『竜の巣がどの国にあろうと、医療は公平に与えられるべし』とな。

それを仮に捻じ曲げたとして、ディドウスにはどう説明するつもりだね? 自分の巣で何故死ねんのか、納得いく理由のない限り、〈竜王〉は動かんぞ」

——あの爺さんは頑固でな、と真っ赤な唇が囁く。

脅しているのだと、おれは察した。カランバスの要求を呑まねば〈竜王〉ディドウスに全て話すぞと。

これは、戦争だ。

ここまで来て、やっと理解した。あっけらかんと笑う〈赤ノ人〉。この人は今、反撃ののろしを上げたのだ。人類の罪を極北の地に封じ込めた、不条理な世界に向けて。

「世界は愚かだよ」いっそ憐れむような氏の声だった。「極北の雪の中に全てを埋めて、忘れたつもりでいる。だが凍った死体は腐らぬもの。いつ凍土が融け出して、露わになるともしれんものを」

真紅の唇が語れば、罪の喩《たと》えが生々しく鼓膜をえぐった。

「もしかして」

タマルの声が、ほんのわずかに震えて聞こえた。

「カランバスが、ヤポネを生かし続けたのは、そのため……?」

ニーナ氏の笑みは変わらない。ただ静かに「さてな」と呟く。

「私はただ、持てる駒《こま》を使っているだけだ」

これでどうして、〈盤上遊戯《シャフマトィ》〉があんなにも弱いのだろう。

おれは不思議でならなかった。同時に確信していた。氏の勝ちを。

〈死ノ医師団〉は応えざるを得ない。人間のいざこざは、竜への言い訳にならない。またそのいざこざの元凶は明かせない。〈死ノ医師団〉はカランバスを拒む理由を失ったのだ。

ところが、どういうことだろう。タマルは膝を折らなかった。

「いいえ、閣下。……カランバスに〈死ノ医師〉は置けない」

おれは愕然として、彼女の白い顔を見つめた。その時だった。

ぽーん、と船内チャイム《ズヴァノク》が鳴り、放送が流れ始めた。

『竜の群れが接近中。ただいまより、本艦は飛行態勢に入る。

繰り返す、竜の群れが接近中――』

無機質な声の流れる天井を、皆で揃って見上げる。しばしあって、タマルが我に返ったような声で「時間切れね」と呟いた。

「降りていただく時間はないわ。閣下、どうぞそのまま。本土まで護送いたします」

「それは困るな」

氏は悠々と笑うが、おれは焦った。お待ちあれ。本土に直行ですって？　氏は腐ってももと元首、無事に済もうが、おれの運命や如何《いか》に。おれの隣に座るレオも、本土に行けば〈死ノ本部〉行きの船が待つ身だ。

一か八か、レオを引きずって、飛び降りるか。

急いで立ち上がろうとした、その瞬間だった。

『警告！　全船員に告ぐ。離陸を急げ！』

緊迫した声が、船中に響いた。警報がけたたましく鳴り渡る。天井の警告灯が点灯し、船内を赤い蛍光色に染めた。

『繰り返す。全船員に告ぐ！　離陸を急げ。接近中の竜の群れに、ディドウスの姿が確認された。この草原地帯に着陸する見込み。接触を避けるべく、本艦は発進後、ただちに回避行動に入る！』

ニーナ氏とタマル。レオとリリ、そしておれ。

思いもよらぬ報せに、誰しもがしぃんと呆けて、互いを見つめ合った。

「説明を！　いったいどういうことなの」

「おう、そうだ。説明したまえ、船長どの」

迎賓室の壁に収納されていた無線機。その受信機を、タマルとニーナ氏が仲良く摑む。

『タマルさま！　それと』

どちらさま？　その一言が、ごっくんと呑まれた音がした。

船長の疑問もむべなるかな。だが御安心あれ。決して怪しい者ではありません。かつてカランバスを代表した〈赤ノ人〉そのひとです。

また の名を侵入者とも言うけれど。

船長は優秀だった。余計な質問に時間を割かず、さっさと話を進めた。

『この地の主ディドウスが、狩りから帰還したと、〈観測空挺〉から連絡が入りました。このままの軌道だと、本艦の近くに着陸する見込みです』

船長の報告に、ぴりりと空気が張りつめた。どうもおおごとらしい。

「あのね、あのねっ」

首を傾げるおれに、少女リリが耳打ちした。これまでずっと静かだったが、竜の飛行と聞いては黙っていられないようだ。

「竜の翼はね、気流を摑むのがすっごく上手いの。風に一回乗れば、羽ばたきをほとんどせずに海まで行けるのよ。でもその分、細かい軌道修正は利かないのっ」

「その通りです」レオも参戦してきた。「そのため不運にして、竜の着陸動線上に集落があった場合、甚大な被害が生じます。実際、世界中にそうした例があるのです」

それってつまり、とおれが情報をまとめる前に。

「竜はな、着陸が下手くそなのだよ！」

氏は実に簡潔に、要点を告げた。

「飛ぶ勢いのまま、陸に降りてくる。後は止まるまで、ひたすらまっすぐ走るのだ！」

「ひたすら」

おれはディドウスの姿を思い描いた。四本の脚を懸命に動かして走り続ける〈竜王〉。なんだか可愛くも思えたが、大きさが大きさなので、笑いごとではない。

「ディドウスはまだ当分帰還しない。そのはずではなくて？」

タマルが船長を詰問した。声音こそ冷静だが、弟同様に早口になっていた。

「鯨の群れを見つけるまで、三月は海に留まるはず。まだたったの一月でしょう。まして世界最高齢の身で――」

「最高齢《じじい》だからこそだ」

〈赤ノ人〉がふふんと鼻で笑った。

「年の功というやつだ。あれが何千年、鯨を獲ってきたと思うのかね？」

氏曰く、ディドウスはどの時期のどの深海に潜れば良いのか、目を瞑《つぶ》っていても分かるのだという。実際、彼の飛行期間は平均して一月から二月。巨体を維持するには誰よりも多く食べねばならないところ、これは驚くべき短さとのこと。

またディドウスは狩りの際、若竜をたくさん引き連れるが、これも彼の力量を示すらしい。泳ぐ力の弱い竜たちに、狩りの技を教えているのだ。

「おおかたさっさと食べて、さっさと帰りたかったのだろう。海で雌竜と戯れる気力などないからな！」

あ、海って、竜にはそういう場所なんですね。

若人の愚かしさというべきか、おれはつい本質と異なる部分に反応した。隣を見れば、レオは奥ゆかしく恥じらっている。リリが超然としているのが救いだった。

タマルは粛々《しゆくしゆく》と、状況把握を進めている。

「それにしても、群れにディドウスがいると、もっと早くに分かりそうなもの」

鋭く問われて、無線から『それが』という困惑の答えが返った。

『そもそも今回の竜の群れそのものが、この地域にかなり接近するまで、観測されていなかったのです』

説明をかいつまむと、こうなった。

竜が天空を巡る軌道はおおよそ決まっており、これを〈竜ノ道〉と呼ぶ。この〈道〉に沿って〈灯台〉が建てられており、飛び去る竜の群れの規模、次の観測地点への到着予想時間などを、電信で送り合う。

『しかしそれも、陸の上に限られます』

船長は申し訳なさそうに告ぐ。

『いったん海に潜られますと、竜の消息は追えなくなります。陸に上がった後、どこかの〈道〉に合流するまでは把握困難です。それでもほとんどの竜は狩りの後、ほどなくして観測されるのですが』

ははあ、とニーナ氏が大げさに唸る。

「あの横着モノの物ぐさじじいめ」

「どういうことですか?」

おれは尋ねた。リリが答えた。

「ディドウスは自分で〈竜ノ道〉を引いちゃったのよ」

彼女によると、ディドウスはおそらく海岸に上がった後、通常の〈道〉を無視して飛翔。自分の〈巣〉に向かって、まっすぐ空を突っ切ってきたのだ。ディドウスの巨翼があってこそ、為せる業という。

いったん飛び立ちさえすれば、彼は誰よりも自由である。本来は何頭もの竜が集まって生み出す気流を、羽ばたき一つで生み出せる。どんな方角へも、好きに飛んでいけるのだ。ただしその巨体ゆえ、自分の巣の上にふわりと降り立つような、繊細《せんさい》な真似は出来ない。ほんのちょっとずれたり、行き過ぎたり、早く降りすぎたりする。

問題はそのほんのちょっとが、人間と大きく乖離《かいり》しているわけで。

『大丈夫です！』

船長は力強く断言した。

『ディドウスがこちらに向かっていることは確かですが、着陸軌道上にこの船があるとは限りません。回避準備はあくまで、念のため――』

けれども無情なるかな、警報が再び鳴り響いた。

『注目！　方位二百八十度に、竜影を確認！』

無線の声に、艦内放送が覆い被さった。

『大きい――ッ』

観測者が心の本音を漏らした時、おれたち生徒は走り出していた。ここは船の迎賓室。前方には一面、硝子が張られている。女性たちも無線を放り出して追ってきた。皆で同じ方角を見て、全く同時に息を呑む。

地上すれすれを移ろう、極北の太陽。

それを覆い隠さんばかりに、その竜は翼を広げていた。

「ディドウス」

震える声で呟いたのは、タマルだったろうか。若竜を大勢従え、黄昏《たそがれ》の火を背にして、彼の巨体はいっそう大きく映る。

それは、王者の飛行だった。

巨翼が悠然と羽ばたく。若竜たちが乱流に煽られ、くるくる揉まれる。彼らはなんだか楽しそうだ。大きな風の波が来ると、全身を委ねてその上に乗る。高々と飛ばされては、まるではしゃぐように身体をくねらせながら、老竜の背後に戻る。

悠久の時を飛ぶ空の王が、幼子らを風に抱き、天地をあまねく示す。そんな姿だった。

今は小さき竜たちもいつの日か、彼と同じように、幼竜を抱いて飛ぶのだろう。

それは数千年の先のこと。ちっぽけな人間には想像もつかない、未来の果てのお話だ。

とはいえ、そのちっぽけな命も、ぷちっと踏み潰されたいわけではなく。

「……こっちにまっすぐ、向かって来てません？」

ぽつりと漏れたおれの呟きに、沈黙がたっぷりと返された。

「……来ているな」氏が最初に答えた。

「……一分の誤差もありません」レオが指で測ってみせる。

「これはぶつかるわね」リリがきっぱり断じた。

「離陸を！」

　壁にぶら下がったままの無線機に、タマルが一喝した。

「船長、総動員をかけなさい。一刻も早く、回避行動を！」

　タマルの判断に賛同したのは、無線越しの相手だけではなかった。窓の外で汽笛が鳴り響く。見れば〈医師団〉の乗る巨大蒸気機関車が、草原の線路を走り出したところだった。せっせと蒸気を吐いて走るさまは、泡を喰っているように見える。

　しかし危機と見たら逃げ出せるだけ、こちらよりずっと分が良い。

「遅え！」

　ちっとも飛ぶ気配のない船を、おれはつい罵った。

「仕方ないでしょっ。大型飛空船はね、船の嵩のわりに、動力が脆弱なのよ」

　この期に及んで、リリは嬉々として解説を始める。

「気流に乗るための船なんだもの。自力で出来るのは浮くことと降りることの二つだけ。それもほとんど軽気体《グァス》頼みなのよねっ。だから——」

　彼女の講釈を聞き流し、おれは天を仰いだ。

慌てふためく地上に対し、空は悠然としたものだった。

老竜が若竜たちの群れと別れた。いよいよ着地態勢に入るのだ。巨体がぐうっと大地に近づいてくる。長大な影が、西日に殊更に伸ばされ、草原を夜の如く覆った。豪風に煽られて、草原が激しく渦巻き、葉が千切れて舞い上がる。

怖気を震ったように、船体ががくんと揺れた。

リリがもんどりうつ。おれは咄嗟《とっさ》に彼女を支えた。そのほんの数拍のことだった。次に顔を上げた時には、ディドウスはもう間近に迫っていた。

地上すれすれに飛ぶ巨体。それに大気が圧され、風の壁が生じている。巻き上げられた土と草が、西日も通さぬ黒い城塞を築いていた。

「リョウ！　リリさん！」

レオが叫んでいる。

「早く席へ！」

発進時は席につき、身体をベルトで固定するのだ。おれとリリの二人が出遅れていた。急いで駆け出したところに、また船がぐらりと揺れる。

飛空船がついに、浮遊を始めたのだ。

傾いた床に、再び足が滑る。その直前、おれは満身の力でリリを抱き上げていた。

「レオ！」

怒鳴って、リリを思い切り投げ飛ばす。

甲高い悲鳴が、宙を横切っていった。レオが跳躍し、少女を柔らかく受け止める。

よくやった！　レオのことじゃあない。おれ自身だ。リリの体格は、おれと大差ない。身長に限れば、最近並ばれた気がする。その相手を、よくぞ投げたものだ。

そんなおれはというと、つるつると床を滑り続けていた。床の傾斜はきつくなる一方。立ち上がろうともがく中、おれの目は迫りくるディドウスに釘付けだった。

〈竜王〉は悠々と上体を倒し、地上に足をつけたところだった。爪で深々と大地を穿《うが》ち、両翼を高々と立てて、着陸の助走に入る。

その時だった。彼の満月のような瞳孔《どうこう》が、星ほどにきゅうっと縮まった。雷鳴の咆哮《ほうこう》が草原に響き渡る。

まるで、危ない、どいてくれ、と言わんばかりに。

「このもうろくじじい！　今頃、私たちの存在に気づいたか」

ニーナ氏の罵りをよそに、ディドウスは最大限努力してくれていた。爪で大地を抉り、尾を引きずり、両翼を高々と掲げて、摩擦と抵抗を目一杯に利かす。それでも、彼は止まらない。大地に大河の如き線を引きながら、まっすぐに向かってくる。

なお、おれは三度つるりと滑ったところ。船の運転のまぁ荒いこと。

「リョウ！」

そのままころころと床を転がったところで、これは駄目だと判断されたようだ。レオがリリを席に置き、颯爽《さっそう》と駆け出してきた。

硝子の床を、彼は軽やかに疾走する。船の揺れをも動力にして加速するさまは、登竜の時と同じだった。ものの数歩で、彼の手がおれの腕を摑んだ。

「失敬」

彼が慣れた様子で、さらりとおれを抱き上げた時だった。

「おい、レオ！」おれは叫んだ。

「後ろを！」タマルが怒鳴った。

ディドウスが――

その一言は、轟音《ごうおん》に呑まれた。

弾丸も通さぬ分厚い硝子。それを張られた船体が、粉雪さながらに砕ける。老竜の頭を飾る、えらの宝冠。そのほんの先端がかすめたのだ。

豪速で駆ける竜の巨軀。

その上に、おれとレオニートは二人、放り出されていた。

あ、死んだ。

そう思うと、人は意識をぷっつり断てるらしい。なかなか都合よく出来ている。狸《サバーカ》も同じという。けれども存外、諦めたわけではないらしい。気絶しながら危機をやり過ごす、非力なる者の切り札だ。

もう少し、切り札らしい切り札をくださいな。そう天に注文した時、おれはぱっちりと目覚めた。

まだ落下中であった。

「なんの役にも立ってねぇ！」

おれは絶叫した。何が切り札だ。最も恐ろしい部分がやり過ごせていないではないか！おれはもがいたが、四肢は動かなかった。風速に肌が痛む。引力で五体が千切れそうだ。こんな最期は嫌だ。どんな最期でも嫌だ。まだ早すぎる。

おれはまだ、なんの役にも立ってない。

その時だった。甘くかすれる声が「大丈夫」とおれをなだめる。

「必ず無事に、降ろしますから」

おれを抱える者の声に、わずかに正気に返る。そこで初めて、あれ、と気づいた。

どんどん落ちて、加速していく。そのはずが、これはどういうことだろう。目覚めた時よりも、明らかに、おれの身体は減速していた。

混乱しながら顔を上げれば、レオの手が宙を摑んでいた。いや、これは。

「――蜘蛛の、糸?」おれが呟くと。

「御明察」レオが微笑《ほほえ》んだ。「これは蜘蛛の糸を模して作られた〈登竜器〉です」

見れば、彼の腕は、竜のうろこに似た籠手で覆われていた。タマルのつけていたものと同じである。

「〈死ノ医師〉だけが、これを身に纏えます」

レオの声は美しく、相変わらず緊迫感に乏しい。

「中には、竜の肺から抽出した〈弾性線維《エラスティーチニスト》〉が仕込まれています。世界で最も伸縮性に富む物質です。これを発射して、足場のない難所を乗り越えるのです」

また使える日が来るとは、とレオは呟いた。

オパロフの家を去った日、彼はこの籠手を置いてきたという。とうに捨てたはずの〈死ノ医師〉の証。それを船から落ちる瞬間、姉のタマルが投げてよこしてくれたらしい。おれが気を失っている間に、レオはこの籠手を素早く身に着け、糸を発射していたのだ。

細い糸を目で追うと、おれたちは老竜の宝冠状のえらに、ぶらんと垂れ下がっていた。エラスティー……なんとかのおかげで、落下の勢いは削がれている。けれども老竜が一歩踏み出すごとに、右に左にと激しく揺さぶられた。

このままどこまで耐えられるか。そう危ぶんでいると。

「さあ、行きましょう」

レオが爽やかに告げたと同時に。

糸が戻り始めた。

身体が上へと登り出す。始めはゆっくり、だが着実に。これまでのつけを返すように、どんどん速まっていく。

レオは言っていた。このエラス（なんだっけ）は、世界で最も伸縮性に富む物質だと。

つまりよく伸びて、よく縮むのだ。

「おい、レオ」

おれは両手両足で、やつにひしとしがみつく。

「おい。おい、おいおいおい」

呼びかけは最後、奇声に変わった。

だって、仕方ないだろう。大砲で打ち放されたって、こんな速度と高度は出やしない。

おれたちはあっという間にディドウスの顎の線を越え、糸の付着した位置すら、ひゅんっと通り過ぎて。

老竜の頭上の空まで、猛烈な勢いで吹っ飛ばされていた。

「どうすんだよ、これ！」

極限の中、おれは喚いた。もはや天地がひっくり返った。比喩ではない。おれとレオは逆さまになり、巨竜ディドウスの走る地面へと、頭を向けているのだ。

「上手ですよ、リョウ」

こんな極限にも、レオは朗らかに笑う。こいつは案外、人の話を聞かない。

「そのまましっかり摑まっていて。大丈夫、この糸は強い。決して切れません。こうして反復運動を重ね、落下の衝撃を拡散させながら、着陸箇所を探ります」

やがて上昇の勢いが削がれ、おれたちは折り返しの頂点に達した。とんでもない高さ。それでも確かに、初めに落ちた時よりは低いようだ。

なるほど、よくできている。

そう感心する間もなく、二度目の落下が始まった。

悲鳴を上げれば消耗するだけだ。必死に堪える。強まる風の中、懸命に目を開き続けた。

すると先ほど真下にあった老竜の頭が、前に移動しているのが分かった。

ディドウスはまだ突進し続けているのだ。彼が生み出す推進力は当然、エラスの糸へと伝わり、おれたちを引く。

落ちる方向が、さっきと変わった。斜め下、うろこの崖をかすめる軌道。しかも今度は止まらないと来た。糸の付着点を起点として、ぐるりと輪を描き、ディドウスの鼻先へと豪速で向かっていく。

「曲芸かよ！」

おれたちは勢いよく、老竜の目の前に飛び出していた。

ディドウスの満月の瞳孔に、一瞬だけ、おれたちの姿が映り込む。老竜が不思議そうに瞬いた頃、おれたちはぐるりと巡り、彼の頭の上まで戻っていた。

目が回る。もはや上も下も分からない。吐き気を懸命に抑えていると。

「レオニート」

風に乗って、か細い女の声が届いた。

「〈二人組《ファラン》〉で〈下山〉しましょう」

くらくら回る視界に、おれはその人を見た。

タマルだ。

今や太陽は地平線に沈み、空には残光のみが輝いている。昼と夜のおぼろに、黒き衣の女人が浮かび上がっていた。

竜の籠手を嵌めた腕が、虚空を薙《な》いだ。しゅるる、と何かが伸びる音がする。かすかな音を摑むように、タマルが手を返すと、刹那。ぴんっと闇夜を斬るようにして、白い綱が浮かび上がる。エラスの糸だ。

「さすがは姉上」

レオが嘆息し、腕を伸ばした。

しゅるっと音が鳴る。彼の糸が伸びていき、姉のものと交差した。途端、滞空の軌道がぐうっと変わる。巨竜のえらを起点に旋回していたものが、顎から咽喉に、そして首へ。互いの糸を絡ませ、引き合いながら、姉弟は竜の身体を降りていく。

二人の動きは、まるで糸を編むように整然として、優美ですらあった。彼らならどんな竜の上でも登っていけるだろう。もっとよく見たいところだ。

けれども残念ながら、おれは大変に酔っていた。

早く降ろしてくれ。そう叫びたいが、口を開いたが最後、確実に吐く。揺れるのは視界だけで充分。心揺さぶる感慨も驚きも、今は要らない。

従って、ディドウスの背に到達し、うろこの地面に降ろされるまで、おれは胃の中身を慎ましく保つことだけを考えていた。

「いやあ、九死に一生を得たぞ！」

這いつくばるおれの横で、呵々大笑《かかたいしょう》する人がいた。ニーナ氏である。氏が何故ここに？

という疑問を抱く前に、タマルが嫌そうに呟いた。

「閣下まで船を飛び降りる必要が、いったいどこに……？」

「お前が降りたからではないか」

話をまとめるとこうだ。タマルは弟に籠手を投げた後、自らも船から飛び降りた。弟に助力するためだが、何故か氏までついてきた。そのためタマルは氏を背負いつつ下山する羽目になった（なおおれは酔っていたので、全く見えていなかった）。

「ありがとうございます、姉上」レオが真摯に一礼した。「この登竜器は複数の使い手で『編み合って』こそのもの。僕一人では心許なかった」

「当然のこと」タマルの声は相変わらず平坦だ。「あなたは今日初めて、動く竜を降りた。単独行など到底させられない」

姉の厳しい言葉に、レオはうなだれる。萎《しお》れた弟を見る目は、けれども温かかった。

「なあに、二人ともあっぱれであったぞ！」

氏は悪びれもせず、ほめそやす。

「オパロフの技は失われていないようだな！　さすがタマルよ、〈死ノ医師団〉当代最高の登り手と謳われるだけはある」

「いいえ。私の技など未熟なもの。私が師と仰ぐ人に比べれば」タマルは淡々と述べる。

「あの人の登り方は、まるで風に舞う林檎《りんご》の花びらだった。あの人の名前通りに」

——薄紅色《ロザヴィ》。

師匠の名だろうか、タマルの囁きは、ほんのり熱っぽかった。

「でも〈赤〉との庶子だからと、オパロフ家を追い出されてしまったわ。馬鹿な真似をと思って、私から〈死ノ本部〉に訴えてみたけれど、お偉がたは我関せず。

〈真珠のくびき〉と言いつつ、随分と都合が良いのねって、その時ばかりは思ったわ」

今も思い続けていると、そう聞こえた。

タマルが初めて覗かせた反骨心だった。けれども、おれの関心は別のところにあった。

ニーナ氏が飛び降りたということは、まさかリリまで来たのではあるまいな。

「御安心を」少女の姿を探すおれに、レオが朗らかに笑んだ。「リリさんは賢明にも船の中に残られていましたよ」

安堵したせいか、ようやく眩暈が治まった。景色を見渡せば、もうすっかり夜だった。

今宵は満月だ。月光が草原をあまねく照らす。遠くの空に飛空船が浮いているようだが、夜闇に紛れて、よく見えない。老竜はいったいどこまで走ってきたのだろう。

「〈モルビニエ大平原〉の湖に突っ込んだ」

氏が微塵《みじん》の気遣いもなく告げた。

「そこまでして、やっと止まりおった。史上最大の大暴走だよ。おおかた、鯨をたらふく食べた分の目方を計算し忘れたのだろう。着地だけは、年の功が通じんようだな！」

氏の罵倒《ばとう》が聞こえたのか否か。ディドウスが遠雷そっくりの唸り声を立てた。

月明かりを頼りに眺めれば、草原の東にそびえる山の、雪水が集まる湖のほとりまで、巨大な地溝が一直線に引かれていた。老竜の尾が描いた地上絵だ。まるで涸れた河だなと思ったが、実際に河になりそうだ。湖の水が、溝に流れ込み始めたからだ。

不味《まず》いと思ったのだろうか。ディドウスが前脚の爪で大地を搔き始めた。溝を埋めようとしているらしい。ところが溝はますます深くなり、水はいっそう勢いよく流れ出した。竜は残念ながら、あまり器用ではない。

「もうほっとけ、爺《ディドウス》さん！」

ニーナ氏が怒鳴った。

「出来たものは仕方ない。この河がまた新たな命を生むだろう！　絶える命もあろうが、お前たち竜は地上にとって、そもそもそうした存在だからな！」

あまり慰めらしく聞こえないが、ディドウスは大地を掘り返すのを止めた。心なしか、しょんぼりして見えた。

「そういえば、先生はよくディドウスに語りかけますよね。あれって実は、先生が本当の〈主治医〉だったからなんですね」

「私の指示はとんと聞かんがな！」

氏は憤懣《ふんまん》やるかたなしと言い放つ。

「その点、団長マシャワは上手いぞ。おだて、なだめすかして、治療をさせる。いったい何歳なのだ、このじじいは。数千年も生きて、未だに優しくしてもらいたいのかね？」

そりゃそうでしょう。おれは思った。

加えて言うなら、氏は信頼を得る能力だけはない。語る内容が何であれ、とにかく拒絶したい気にさせる。よくよく聞けば、誰よりも真実を穿っているのだけれど。

「〈主治医〉など偉くもなんともないのだよ！」

今も語る内容こそ謙虚だが、態度は誰よりも偉ぶって見える。

「人の相手ならばともかく、竜の相手は一人では出来ん。〈竜ノ医療〉は、多種職による連携医療《コマンダ》だ。豊富な人材を揃えておくことが、竜の命と人類の未来を守るのだよ。

――というわけで、だ」

ニーナ氏はくるりと振り返った。背中のシシが、獲物に飛びつくように跳ねた。

「私のもとに来い、タマル」

タマルの渋面が、月光に白々と浮かび上がった。

「……まだ諦めていらっしゃらなかったのね」

「もちろんだ」氏は堂々と言う。「これでも譲歩しているのだ。お前が無理ならば、弟で我慢してやると」

冷たい夜風が駆け抜ける。月明かりのもと、氏の髪が灯火のように揺れた。

「オパロフ家は、お前を手放した。〈死ノ医師団〉の中枢に近い家系へと、お前を入れた。誰より深く竜を愛するお前こそ、〈死ノ医師〉たるべきだと分かっていたからだ」

氏はくるりと手を反転させて、誘うように差し伸べた。ともすれば〈真珠ノ民〉よりも白いたなごころ。それをタマルは、じっと見つめている。

彼女は手を、取らなかった。

「……閣下の話は、実のところ、そう突飛な提案ではない」

タマルの薄い唇が、ゆっくりと開いた。

「オパロフの中には復権を目論む者がいる。〈真珠ノ民〉にも、オパロフに同情する者は多い。だからこそ、ドーチェの〈解剖〉の権は剝奪されず、オパロフは実質、世界有数の富を有するに至ったの。

カランバス政府も説得できるでしょう。彼らも内心は〈死ノ医療〉を望んでいる。この国は〈竜王〉を……いいえ、この国はドーチェ以来、竜そのものを恐れているから。

――竜に生かされている身だというのに」

気づけば、タマルの声音が変化していた。一切の情を宿さぬ幽けさから、一切の欺瞞《ぎまん》を刈る鋭利さへと。耳を傾けるうちに、おれはやっと悟った。これは彼女の怒りの声だと。

彼女は憤っているのだ。

ただ純粋に、竜のために。

「カランバスが考えているのは、己のことだけ」

一言ごとに、タマルの声は凄みを増す。

「当時のオパロフの心情も少しは分かる。色んな人が色んなことを言ったことでしょう。めいめい勝手に、悲劇を装って、根源では自分本位な主張ばかりを。

それでも私は同情しない。オパロフは見失った。ドーチェ自身の心を。彼女の意思を。人の手で書かれたカルテを妄信せず、たとえ正気の時の同意を覆されて窮したとしても、ドーチェの心を、自ら確かめるべきだった」

身を切るように冷たい風を受けて、タマルは瞬きもなく前を見据え続ける。その姿に、おれは初めて、彼女のなんたるかを見た。

この人は、〈竜ノ医師〉なのだ。

竜のために生きる。〈竜ノ医師〉の神髄を体現する、一人の強い女性が今、ここに立つ。

世界の矛盾と欺瞞に真っ向、対峙しているのだ。

健やかなるうちは竜を愛し、病めば死を望む。

そんな哀しいほどに弱い、人間たちの心に向かって。

「オパロフは〈竜殺し〉よ」タマルは断じた。「その罪は二度と、繰り返してはならない」

おれは息を詰めていた。

これは――この話を、このまま続けて、いいのだろうかと。

冬の予感を纏う夜気の中、二人の女性が相対する。互いの他は目もくれない。わずかに身じろぎすれば、足もとの薄氷が割れて落ちる。そんな張りつめた空気だった。

おれはそっと頭上を仰いだ。どうするべきかと、天に浮かぶものに心で問う。

満月の光が柔らかに瞬《またた》いた時、おれは意を決した。

「なあ」

話すなら、今だと思った。

「お嬢《ドーチェ》さんのことだけどさ。おれ、よく分からねぇんだ。結局、誰が嘘《ルオーシュ》つきだったんだ？

ヤポネ、オパロフ、〈赤ノ民〉……それとも世界？

いや、ルオーシュなんて、そもそも最初からいないんじゃねぇか?」

ニーナ氏にタマル、そしてレオが、虚を突かれた顔で見つめてきた。そんなに驚くことだろうかと、おれは却って驚いた。だって、そう考える方が自然なはずだ。

全ての者が、真実の一片を語っていたのだと。

「ドーチェは死にたかったんじゃない。本当は、治りたかったんだ。でも叶わないから、せめて終わらせたかった。
だから〈死〉は救いだった。たとえ本望でなくても」

おれは笑おうとして、失敗した。目尻が熱くて仕方がない。

「ドーチェは死にたくなかった。ドーチェは死を望んだ。どちらも矛盾していないんだ。同じ竜の、同じ病の話なんだよ」

違う言葉で、竜の心を語った。たったそれだけで、何百年も脈々と争い続けた。

「馬鹿だよな、人間って」

降りしきる雪のような沈黙の後。

おれの言葉を継いだのは、レオだった。

「……僭越ながら」声を震わせ、彼は一礼する。「先生。姉上。僕は思うのです。当時のオパロフはきっと、あのカルテを信じた——信じると決めたのだと」

彼は言う。ドーチェのカルテは現存する。しかし公開はされていない。〈死ノ同意〉にまつわる部分は、ことに厳重に秘匿されている。閲覧できるのは政府要人と、〈解剖〉に関わるオパロフ家のみ。世界政治に関わるため、だが。

「公開が憚られるのは、そのためだけではありません。あまりにも壮絶だからです。時を経てもなお、読む者を病ませるだけの『毒』が、あのカルテにはあります」

レオもきっと読んだのだろう。血を嗅いだ時と同じく、彼は口を押さえていた。

「あれはとても、嘘で書ける描写ではありません。だからきっと当時のオパロフも信じたのではないでしょうか。決して保身のためではなく、真摯な心で」

彼の問いに、姉が応えた。

「そうかもしれない。……だとしても、オパロフの罪は変わらない。何故なら」

銀の瞳が、おれを捉えた。

「この子の言う、揺れ動く心。そこから答えを引き出すのが、〈死ノ医師〉なのだから」

常夜と同じ色の腕が、すうっと掲げられる。誘うように、導くように。

「考えてみて。ヤポネの子。貴男が重い病にかかった時のことを。……主治医が来て、貴男に言うの。この病は一生治らない。ずっと苦しいまま。生きるほどに惨めになる。そう宣言されたら、さあ、どう思う？」

「怖い」おれは正直に答えた。「死なせて欲しいって思う」

「そう」白い顔が頷く。「でも、どうして分かるの？　本当に、治らないと。苦しいままだと。生き抜いた先が、本当に惨めだと——医師でもない貴男に」

細い声が、おれの鼓膜を揺らした。

「医師が」おれは震える声で尋ねた。「嘘をつくって言いたいのか？」

「あるいは、ただ間違えることも」タマルが静かに応えた。「生きるための医療も、一切の過ちなく行われはしないでしょう……？」

おれは反論できなかった。既に経験していた。つい半年前の、ディドウスの〈疥癬症《かいせん》〉騒ぎ。あれも誤診の末に見過ごされてきたものだ。

それでも生きている限り、過ちは過ちとして、いずれ返ってくるけれど。

「死んでしまった後では、何も分からなくなる」タマルは囁く。「生きればどうなったか。本当に苦しんだか、本当に惨めだったか。もう誰にも分からない。死ねばそれで終わり。美しく語ることも、醜く語ることも残された者次第。

患者自身が、死を選んだのだから——その一言で済む」

分からぬものを、分からぬままに決断させ、全てを負わせる。

それが『病める者に決めさせる』ということだと、タマルは静かに説く。

「治せない。だから殺してあげる。苦しむ相手には、その一言だけで充分。この先もっと苦しくなると言えば、なお容易いでしょう。

〈死〉は——誘導できるの」

タマルはゆっくりと、〈赤ノ人〉に対峙した。

立ちはだかるように、押し留めるように。

「手に負えなくなったら殺す。それが気楽に行われる世界に、〈竜ノ医療〉は要らない」

手術刀のように正確に、彼女は患部を曝《さら》け出す。

「いいえ、竜に限らず、医療そのものが要らなくなる。世界の医師たちは、簡単な病だけ診るようになる。新しい治療法の開発なんてしないでしょう。

人間は怠惰なものよ。たとえ医師でもね。そして医療はとてつもなく面倒なもの。死がそんなに美しいなら、危険を押してまで、命の前線に立ちはしない。患者の手を取って、一緒に泣けばいいのだから」

人間相手ならそれも良いだろう、とタマルは言い捨てる。自らそんな世界を欲するなら構わない。けれども竜は違う。彼らはじき気づくだろう。人間のごまかしを。

そうして彼らはいつの日か、人を愛さなくなる。

「〈死ノ医療〉は禁断の一手」タマルは凛と言い放つ。「そうあるべきと私は信じている。

いわば劇薬、手の届く棚に置いてはならない。安易に飛びつけば、竜も人も滅びゆく」

夜風が、タマルの髪をさらった。カランバスの極夜の季節は、天上を夜の女王、地上を氷の女王が支配するという。さて彼女はいったい、どちらの娘だろう。

タマルの厳然たる佇《たたず》まいを見つめながら、氏がゆっくりと口を開いた。

「お前の言う通りだ、タマル。死にたくない、死なせたくないと泣き叫ぶ者がいてこそ、医学はこの世に誕生した。ゆえに医師は、〈死〉に逃げてはならん」

生きる者の杖となり、義足となる。それが医だと、氏は静かに説く。

「しかし残念ながら、医はまた、未熟でもある。取り払えぬ苦しみも、取り返せぬ喪失もある。その絶望から、〈安楽なる死〉は救ってくれるのだ。

そんな〈死ノ医療〉の危うさを、ドーチェの一件は炙《あぶ》り出した」

氏の紅玉髄の瞳は、深淵の闇を照らす、かがり火のようだった。

「彼女の死を願ったのは、彼女自身か、それとも周囲の者か？　その合間に、明確な線は引けるのか？　死に限らず、個が下す決断とは、実は巧みに選ばされたものかもしれん。そんな狭間に、ドーチェは堕ちた。今後も、堕ちる者がいるだろう。

……そうだな。この難解で厄介な谷底から、答えを引き上げる者が必要だ」

氏はゆっくりと、目線を流した。タマルから、おれの隣に立つ男へと。

「レオニート・レオニトルカ・オパロフ」

死の淵から引き上げるように、氏は彼の名を呼んだ。

「お前はやはり、ここに残れ。来たる日に、ディドウスの〈死〉を決断するために」

レオの大きく見開かれた瞳が、怖れの紫色を帯びた。

「僕は」

「〈竜ノ医師〉になりたいのだろう？　〈死〉もまた医だ。〈死ノ医師〉を呼ぶには、竜の近くにある者が、その時を見極める。ディドウスの望みは何か。そのために、医の限りを尽くしたか。それを判断しうる力を、レオニート。お前は持つ」

氏の指がとんっと、レオの額に当てられる。

「お前の〈記憶〉だよ。通常、人間の記憶ほど当てにならんものはない。私情がはさまるからな。同意した、同意しなかった。そんな白黒二つの答えすら曖昧《あいまい》になる。だがお前は忘れん。ディドウスがどのように答えたか、その余白まで正確に記憶する。同意の裏に隠された心まで、お前は幾度も読み直せるだろう。お前は〈死ノ医師団〉の、目となり耳となり、その時を判ずるのだ。

……姉のタマルが、〈真珠ノ毒〉を携えて来る時を」

ぶるっと、おれは震えた。陽の温もりはとうに消え、闇の中に冬の予感を嗅ぐ。それに混ざる、ほのかな生臭さ——海の潮の匂い。ディドウスが海から連れてきた大気だった。

「ニーナ閣下。貴女は一つ、忘れている……とても肝心なことを」

雪を孕《はら》み始めた夜風の中、タマルはひっそりと囁いた。

「閣下は心から、私と弟を欲してくれている。それはよく分かった。けれど残念ながら、私たちには応えようがないの。レオニートの送還は、私個人が決めたことではない。この国の議会連と、〈死ノ本部〉の合意よ」

雪がひと粒、タマルの頬に接吻し、すぐさまほろりと溶け去った。雫《しずく》がつうっと真珠の肌を伝い落ちる。その水滴に、彼女の秘めし温もりを見た。

「カランバスも〈死ノ医師団〉も、オパロフ家とディドウスの接触を恐れている。私たちオパロフは、彼の娘ドーチェを殺したから。〈ヤポネの証言〉によってドーチェの同意が覆されて以来、私たちは未来永劫〈竜殺し〉の大罪を負った」

ドーチェの心はどこにあったのか。生きたかったのか、死にたかったのか。それはもう誰にも分からない。もはやどちらであっても然《さ》したる差はない。

「分からないことを脈々と争っている。本当に——『馬鹿げた』争い」

タマルの銀色の瞳が、おれを映した。厳格に結われた髪が、ほんの少しほぐれている。無表情は変わらぬのに、唇が何故か、ほんのり笑んでみえた。

「その争いも、じきに終わるわ」タマルは優しく呟いた。「カランバスの終わりとともに。それもきっと遠からざる日に。この国に住まう竜は、ディドウスだけ。彼がいなくなればカランバスの大地を潤し、耕す者はいなくなる」

竜の背の稜線に立ち、タマルが草原を見渡した。

掘り起こされた大地と、新たにそそぎ込まれる水が、月影にほんのり照らされる。竜の不器用な着陸による地殻変動も、いずれ国土の糧になるのだ。

「竜なくして、人の繁栄なし」

タマルが厳かに吟《ぎん》じた。曰く、世界には数え切れぬほどの〈竜ノ巣〉がある。竜の多い地は災害が多い一方、肥沃で豊かであると。

「それに比べてカランバスはどう?」タマルがわずかに唇を噛む。「もともと極北という不利な地形ではあるけれど。これほど痩せた国土はないと、国境を越えて初めて知った。まだしも国として体裁を保っているのは、ドーチェの〈故竜山〉の資源と、ディドウスの周りの穀倉地帯があるからに過ぎない。それすら無くなれば――」

カランバスは貧しさに破綻し、やがて消え去る。

「姉上は昔、仰っていましたね」レオはそっと語りかけた。「幼い僕を連れ、ドーチェの〈山〉に登った日に、同じように地平線を眺めて。カランバスには新たな竜が要ると」

「そう」

タマルがかすかに笑った。声はなかったけれど、そんな気がした。

「このままではカランバスに未来はないもの。ディドウスとともに老いて、滅びるのみ。まだ巣を持たない若竜に、選んでもらわない限り。でも」

タマルは視線を、ニーナ氏に投げかけた。

「この国は竜を恐れている。ニーナ閣下、貴女が業を煮やして、自ら前線に赴くほどに」

「あぁ」氏は静かに首肯した。「ドーチェの〈死ノ舞踏〉の残した傷は、それほどまでに深かった」

「竜にも、人にも」タマルが穏やかに継ぐ。「ドーチェの意思がどうあれ、カランバスはきっと既に、竜に見限られたのでしょう。国民が竜を愛さず、ただ恐れるから。愛さず、搾取するだけの者たちに、竜の恵みは降らない。

それがカランバスの取る道というなら――オパロフは、それに倣《なら》う」

それが、ドーチェを葬った報い。

タマルの唇が、そのように動いて見えた。

「残念だこと」吐息とともに零れた声音はどこか温かかった。「貴方《あなた》たちと竜に向き合う。それが実現すれば、きっと楽しかったでしょう。弟も」

——私も。

最後の声は、うろこの軋《きし》みに聞こえなかった。訊き直す間もなかった。瞬きひとつして、彼女はいつもの亡霊の面持ちに戻っていた。

「立ちなさい、レオニート」淡々と彼女は命じる。「お別れの時間よ」

「待てよ」おれは叫んだ。「諦めるのかよ」

「それが世界の選ぶ道なら」タマルの声に、もはや揺らぎはない。「安心なさい。貴男に手出しはしない。〈死ノ本部〉にもそのように伝えておくわ。だから」

タマルの血の気のない指が、おれの口を封じるように立てられた。

「貴男も秘密を保つこと。良くって？」

密やかな誓いの求めを、おれは。

「嫌だ！」

きっぱりと断った。

「殺されたいの？」

タマルの声が初めて、甲高くなった。

「それも嫌だ」おれは肩をすくめた。「憲兵も〈死ノ医師団〉も怖いからな。でもおれが一番恐ろしいのは、竜だ。その竜に迫られたら、おれは素直に全部答える」

レオとタマルが、どういう意味だと言わんばかりに瞬く。そっくり同じ表情に、本当に姉弟なんだなと笑いつつ、おれは指を高く掲げた。

「だってもう、ほとんど聞かれちまったからな」

満月の浮く、冴ゆる空。星を隠す雲さながらの、巨大な影をおれは指す。

ディドウスである。

深緑のうろこは今や闇の色に等しい。夜の大気に輪郭が溶け、いっそう大きく見える。唯一光るのは、彼の双眸だけだ。月明かりを集め、天の満月よりも目映い二つの球体が、じっとこちらを見下ろしている。

彼はもうだいぶん前から、長い首を後ろに捻じり、こちらの様子を窺っていた。

おそらく彼は気づいたのだ。突進中に、なにやら小さな影が、彼の周りをぶんぶん飛び回っていたことを。声も背中から聞こえるし、か弱き人を愛《め》でる老竜はおれたちの無事を確かめようと、首を後ろに回したのだ。

そのまま彼は、おれたちの話に耳を傾け続けている。

「思ったんだけどさ」

凍りつくオパロフの二人に、おれは軽く告げた。あえて重々しく語る由もない。事態はこれ以上なく重大だ。

〈竜王〉に知れたら、人類が滅ぶ。そう言われているのだから。

「いっそ全部、話しちまったらどうだ?」

やけっぱちではない。だからこそ、ディドウスの顔がこちらに向いても黙っていた。

「おれが『馬鹿』って言ったのはさ、レオの姉ちゃん。人間のことだよ。竜のことを人間たちが勝手に、やいのやいのと議論しているんだぜ。おかしかねぇか」

タマルの美しい眉が吊り上がった。『姉ちゃん』は不味かったらしい。

「ディドウスにばれたら駄目だ。そうやってドーチェの死から四百年もの間、人間同士で悶々としながら隠し続けた。それが間違いだったんだよ。最初にすぐ話すべきだったんだ。力を尽くしたけど、間違えたかもしれないって。正直に、包み隠さず」

また沈黙が降りた。氏がますます目をひん剝く。零れ落ちそうで気が気でありません。

でも、おれは確信していた。誰も言い出さない方が不思議だった。

どうしてディドウスがずっと、カランバスに棲み続けるのか。それは娘ドーチェの亡くなった土地だからだ。

どうして彼はずっと、カランバスの医師団に身を委ね続けるのか。それは信頼しているからだ。ドーチェを最後まで看取った人々の心を。

ディドウスはカランバスを見限っていない。

ディドウスはカランバスとともに、娘の喪に服しているのだ。

「それほどドーチェを想う竜はいない。そのディドウスに話さなくて、誰に話すんだよ？　彼がいなくなれば、オパロフもヤポネも〈赤ノ民〉も赦しを請えなくなる。カランバスが滅びるまで、永久に争い続けるだけだ。そんな不毛な話もねぇ。
話すべきなんだ。ディドウスがいるうちに。カランバスに新しい竜に来て欲しいなら。この不毛の雪国を生き返らせたいなら。真正面から、竜に向き合うべきなんだ」

対峙せよ、されば開かれん。

それが〈竜ノ医師団〉の矜持ではなかったか。

「確かに」レオがぽつりと呟く。「今が絶好の機といえましょう」

レオがきりりと背を伸ばした。彼の目は進むべき道を定め、輝いていた。

「ヤポネ、オパロフ、〈赤ノ人〉、〈死ノ医師〉。この四者が奇しくも揃った。しかも」

白魚の指が、地平線を突く。

「他の者は、はるか彼方」

「だろ？」味方を得て、おれはつい跳ねた。「邪魔は入らねぇ。話すなら今だ！」

「なるほど！」夜空に呵々大笑が響いた。「既成事実を作るのだな。その心意気や良し！　私はそういう、姑息《こそく》な手段が大好きだ！」

「でも」タマルが呟く。「ディドウスが赦さなければ……？」

みんな再び、しんとなる。誰もが承知していた。悪い方に転べば、全てが破滅すると。

それでも。

「ドーチェの死より数百年。世界は我が身を恋々と惜しみ、全く動かなかった」

タマルは囁くと、ゆっくりと歩み出した。ディドウスの前に向き直り、彼の満月の瞳を正面から見据える。

「閣下。この告白もまた、〈医〉の進歩といえるかしら」

「無論だ」氏の答えは力強い。「小さくも、大いなる一歩と言えるだろう」

タマルは無言のままだ。氏が笑み、彼女の横に立った。おれとレオも、その傍らに寄り添った。とてつもなく愚かな決断をしている。その自覚はあったが、同時に知っていた。決断しない方が、はるかに愚かだと。その愚かしさに、四百年を無駄にしたのだと。

「閣下の御提案」

タマルがか細く、しかしはっきりと告げる。

「もしもこの後、生きて帰れたなら、前向きに検討しましょう」

四人揃って頷き、はるか上を仰ぐ。銀の月光の降る夜空に、ディドウスが愛おしそうに目を細め、おれたちの言葉を待っていた。

安楽なる死《エウタナージア》

耐えがたい苦痛に襲われており、治療の見込みがなく、死を強く望むが、自身では達成できない。そうした者に対して、医師から施される〈苦痛のない死〉を指す。

これを正当な医療行為とみなすか、意見の大きく分かれるところである。〈竜ノ医療〉においては、安楽死のみを専門とする医師団が存在し、彼らにのみ施行が許されている。

竜は延命期間が数十年、時に数百年に亘《わた》る。医療者、即ち人類への負担は非常に重い。仮に安楽死が広く容認されれば、安易な施行が常態化しうる。竜の望まぬ死は〈竜殺し〉に他ならず、竜種と人類の信頼関係を著しく損なう。それは竜種と人類、双方の破滅に等しい。施行の検討においては必ずや、竜の意思を厳重に聴取されたし。

カルテ５

咽喉《のど》の痛みと、竜の暴走　～診断編～

患竜データ			
個体名	〈竜王〉ディドウス	体 色	背側：エメラルドグリーン 腹側：ペリドットグリーン
種 族	鎧 竜		
性 別	オ ス	体 長	1460馬身（実測不可）
生年月日	人類史前1700年前（推定）	翼開長	3333馬身（実測不可）
年 齢	4120歳（推定）	体 重	測定不能
所在国	極北国カランバス	頭部エラ	宝冠状
地域名	同国南部モルビニエ大平原 通称〈竜ノ巣〉	虹 彩	黄金色

カランバス暦433年 （人類暦2425年）11月13日

主 訴

苦悶様表情

現病歴

突然の暴走。本竜より聴取困難。

既往歴

胃食道逆流症（咽頭痛の再燃増悪、胸部不快感の出現）、
疥癬、高血圧、高脂血症

身体所見

暴走により診察困難

診療計画

麻酔砲による患竜の鎮静

申し送り

全団員に緊急出動要請

生きているって素晴らしい。

おれは大きく息を吸った。たちまち、冷気がつんと鼻腔《びこう》を刺す。きりりと引き締まった透明な香りが、胸をいっぱいに充たした。

雪の匂いである。

〈煤炭《すすずみ》〉の煤を含まぬ雪が、これほど甘く薫るとは。純白の雪の大地が、月夜にこれほど眩《まぶ》しく照ろうとは。おれはぐるりと景色を眺め回した。ディドウスの背から望む景色は、毎回新しい発見がある。

この先ずっと、この光景を拝めるのだ。そう思うと、雪の冷たさも覚えぬほど、全身が熱くなった。

「足もとに注意せよ、研究生！」

しんとした雪の静寂も、ニーナ氏はお構いなしである。

「爺《ディドウス》さんの体温のせいで、雪が降る傍から融けていく。これが却って厄介なのだよ。雪の上に水の膜が張り、なまじ地上よりもつるつる滑るのだ！」

体温まで責めるのは酷な気がするが、ディドウスは黙ってじっとしている。人間たちを振り落とさないよう、配慮しているのだ。氏の無神経さ加減には冷や冷やするが、何にも忖度《そんたく》しない姿勢が結果として、竜と人の共生を実現している。

おれたち人間同士の共存も。

「竜種はかつて純粋な変温動物と言われていました」

真珠《しんじゅ》の肌透ける青年が、おれの傍らで、冬の夜空さながらに晴れ晴れと説く。

「見た目が爬虫類《はちゅうるい》に似るからです。事実、仔竜は温かな環境を求めます。しかしながら、〈純変温説〉には異議も唱えられてきました。例えば成竜は上空を回遊し、深海に潜って食事をしますが、これらはいずれも低温環境。変温動物ならば行動不能となるはずです。その後、竜種は環境により、恒変温を巧みに切り替えると判明し――」

レオニート・レオニトルカ・オパロフ。ヤポネのおれには仇敵である。けれどもそんな昔話は知ったことかと、おれたちはともに立つ。

竜の背に乗って。

深緑のうろこを踏みしめて。

あの夜も同じだった。おれたちはともに立ち、命を賭けた。ディドウスに、全てを打ち明けたのだ。人間界の欺瞞《ぎまん》と矛盾の全てを曝《さら》け出し、彼の審判を乞うた。

『ディドウス、ディドウス』

告白を終えて、オパロフの娘タマルの声は、冬の風のように戦慄《おのの》いていた。

『貴方《あなた》に告げるまで、四百年もの歳月がかかったこと、深くお詫びします』

娘の死のあらましに、老竜は何を想ったのか。

おれたちの話が尽きても、ディドウスは身じろぎひとつしなかった。星影に輝く瞳が、静かに地平線を望む。時が雪のようにしんしんと積もり、やがて霜の咲き初《そ》めた地平線にあけぼのの炎が灯った時だった。

真紅の太陽を呑むかの如《ごと》く、巨大な口がゆっくりと開かれて。

夜明けの闇を晴らすように、彼はただ一度だけ、咆哮《ほうこう》した。

「だから言ったであろう！」

真っ赤な羽根飾りを振り回し、シシの仮面が咆《ほ》える。

「人類はさっさと、あのじじい《ディドウス》に話すべきだったのだ！」

「それ言ったの、おれです！」

おれは憤然と抗議した。その傍らで、レオが雪も融けるような吐息をつく。

「まことに英断でした。あるいは生きて帰れまいと覚悟したものですが――」

結果は、御覧の通りだ。

ディドウスへの告白から、はや一月。季節はすっかり冬に入った。巨大蒸気の機械部も後続列車を覆う樹々も、全てが純白に覆われ、透明な氷柱《つらら》を耳飾りよろしく下げる。

医師団は今や平常運転。ディドウスの診療もいつも通りだ。今朝がたも診療を行って、老竜の健康を確かめた。いつかのように咽喉の痛みや胸のむかつきを仄《ほの》めかすぐらいで、大きな問題はみられない。

ひと仕事終えて、おれたちはいつものように、学生食堂の倉庫に集っていた。

「あたしは、みんなもう二度と帰らないと思ったわよ」

リリの目が吊り上がった。あれから一月。彼女はこの話になるたび、未だに怒る。

「怒ってなんかないわよっ！」リリはまた見え透いた嘘をつく。「だけどねっ、みんなが揃いも揃って船から飛び降りたのよ。独り残された身にもなってごらんなさいよ！」

「降りてねぇよ」おれは反論した。「落ちたんだ。おれは、な」

飛空船から好き好んで飛び降りるやつなんて、まずいない。そう説きたいところだが、あいにくおれとレオは、まずいないはずの人間に師事していた。

「もう許してやりたまえ、リリよ」自らの奇行を棚に上げ、ニーナ氏はリリをなだめる。

「この二人は一応、お前を助けたのだからな」

リリは「そうだけど」と口ごもった後、顔を真っ赤にして「……ありがとう」と小声で呟《つぶや》いた。これもまたこの一月、無数に告げられた言葉だ。

もういいって、とはさんざん言った後なので、おれは代わりに皿を差し出した。

「ところで喰うか？　新作のパンだ」

「紅茶もどうぞ」レオが華やかに笑む。「蜂蜜《はちみつ》たっぷりですよ」

「おう。こっちも頼むぞ、研究生たち」

「先生には訊いてませんっ！」

執拗《しつよう》に伸びる赤い手から、おれは皿を取り上げた。レオと作った新作の具入り丸パン。山盛りだったはずなのに、頂上付近が既に寂しい。

「だいたい、料理長《シェーウ》にお出しするはずの試作品なんですよ。なんで先生がせっせと食べるんですかっ」

「美味いものを作るから悪いのだ」

氏は盗人猛々《ぬすっとたけだけ》しく開き直ると、丸パンを一つ掠め取り、仮面越しに頬張った。

「うむ、これも大変よろしい。具はなんだね？」

「基本はどれも冬の常備菜ですよ。そいつは羊の塩漬け肉と玉菜《カプースタ》の酢漬けを、発酵乳《スメタナ》で練ったやつです」

「揚げパンなら見かけるが、これは違うようだな」

「具ごと窯《かま》で焼きました。油がもったいないんで」

花躍る春。常昼の夏。草燃ゆる秋。どれも美しいが、カランバスといえば冬だ。一年の大半を占める死の季節を生き抜いてこその、カランバスの民である。ちなみに冬は存外、食の季節でもある。寒さを凌ぐ身体づくりに、滋養は欠かせない。

おれたちの攻防を冬の風音と聞き流して、レオが紅茶を淹れ直す。鉄錆の浮く台所も、彼が立てばそれだけで、隠れ家風の洒脱《しゃだつ》な趣《おもむき》。茶器も一役買っている。透き通った白肌、品格漂う金縁の、見るからに上等な骨灰磁器は、彼の姉の置き土産だ。

「吹雪がひどくなる前に、姉が発てて良かったです」

窓硝子《ガラス》の半分ほどまで積もった雪を眺めて、レオが感慨深く笑む。

「今朝、電報がありました。〈死ノ本部〉に無事帰着したとのことです」

「何よりだ」

せしめた丸パンを高々と掲げ、氏が呵々大笑《かかたいしょう》する。

「タマルには〈死ノ医師団〉を説得してもらわねばならん。オパロフ家の富と、養子先の人脈を存分に使ってもらおう」

「そんなに上手くいきますかね」

おれは氏からパンを奪い返し、リリに渡しつつ、ふと不安になった。タマルは弟を連れ戻しに来たはずが、ディドウスに全てをぶちまけて帰ったのだ。立場は相当悪そうだ。

「唆《そそのか》した張本人が今更、何を言うのだね」氏は時々もっともなことを言う。「心配するな。タマルも言っていただろう。オパロフ家の境遇に同情する者は多い。ディドウスを恐れて手をこまねいていただけだ。彼の赦しを得たこと自体が、世紀の殊勲《しゅくん》なのだよ」

「赦された——で良いんですよね？」

おれは告白の夜の、ディドウスの咆哮を思い返した。

「あれはどういう意味だったんだろう」

ぽつりと呟けば、氏が肩をすくめた。

「竜にしかない概念だ。人語には訳せん。訳したところで、理解できん。とにもかくにも我らは生かされた。その事実こそが、赦しの証なのだよ」

そう説かれても、やっぱり気になる。娘の壮絶な死のさまに父竜が選んだ、ただ一言。

あえて訳すとすれば、なんだろう。

「直訳すれば、『あぁそうか』だな」

「そんだけ？」

おれは声をひっくり返した。

「ほんとに？『あっそう』の一言で終わり？　人類ですら、ドーチェのために四百年、悶々と悩み苦しんできたのに。肝心の父親が――」

「だから言ったろう！　訳したところで無駄だと」

氏はあっさりと、思考を放棄してみせた。

「相手は竜なのだ！　彼らの思考は所詮《しょせん》、人間ごときには分からんのだよ。だからこそ、告白してどうなるか分からなかった。分からんものは恐ろしいのが、哀しき人間の性だ」

「でも、それじゃあディドウスは、娘の死なんかどうでも良いんですか」

「そんな訳あるまい？」

氏はこれまたあっさりと否定した。

「お前自身、言ったではないか。あの爺さんがカランバスに留まるのは、彼がこの大地で娘の喪に服しているからだと。彼は未だに、娘の死を悼んでいるのだ」

「そうですけど」

おれはむくれた。

「竜語では一言で済む話だったなんて。これじゃ四百年争い続けた人間が馬鹿みたいだ」

「馬鹿なのだよ」

氏には罵倒《ばとう》がよく似合う。

「それもお前やタマルが言ったことではないか。ものの捉えようが違ったというだけで、人は延々と争う。もはや変えようのない過去を巡り、あるかも分からん真実とやらを追求し続ける。その無駄極まる欲求こそが、人間の姿なのだよ」

氏が肩をすくめると、シシがかたりと大口を開けて嗤《わら》った。

「人類とは『抵抗』の動物だ。現実を受け入れることをとことん嫌う。その最たるものが〈医〉だ。死という絶対の運命にすら、人類は抗《あらが》ってみせる。

それが人の死であろうとも、竜の死であろうともな」

氏は飄然《ひょうぜん》と説く。曰《いわ》く竜の天災すら人類の抗うところであり、かくして〈竜ノ医療〉はこの世に誕生したのだと。

おれはため息をついた。

「〈竜ノ医療〉とか言いながら、結局は人のためってことですか」

頭を抱えたおれの前に、そっと茶器が出された。レオである。

「人はいつでも勝手なものですね」

おれはぐったりとして茶をすすった。知れば知るほど、不可解だった。

竜種は何故、人から医療を受けるのだろう。姿や寿命、言葉に思考——何もかも異なる小さき生きものの、身勝手な命の足掻きを、どうして受け入れるのだろうか。

氏の紅玉髄《カーネリアン》の目が楽しげに光った。

「それは、竜が受け入れる生きものだからだ」

氏は言う。竜は天地を動かし、時に破壊し、再生をもたらす創造主。天地に生きる命もまた彼らの作り給いしもの。竜は自らの生み出したものを愛《め》で、受容するのだと。

「人類もまた竜の造形物に過ぎん。人類のもたらすものは彼らにとって、太陽の光や風のそよぎと変わらんのだ。人類が〈竜ノ医療〉によって栄えようとも、また滅びようとも、彼らは全て受け入れ、ただ見守るのだよ」

それが数千年を生きる竜と、矮小なる人間の絆であり、また隔たりであるという。

「——それって結局」

痛み出した眉間を、おれはこすった。

「竜って、なんにも考えてないんじゃ……」

「真の賢者とは愚《ぐ》なることなり」

氏は謎めいた笑みを浮かべた。褒めていないことだけは確かだった。

「でもじゃあなんでディドウスは、注射が痛いとか薬が苦いとか言うんですか。全然受け入れてないじゃないですか」

「快、不快を素直に受け入れているではないか」

「我がままなだけ？」

「何を言う！　痛みや苦みを感じる機能が、竜体に備わっている以上、それもまた自然の理《ことわり》だ。我慢などという不自然な所業は、彼らに期待してはならんのだよ」

おれはくらくらと眩暈《めまい》を覚えた。矛盾だらけに感じるのは、人の頭脳が竜のそれよりもはるかに劣るせいか。

「悩め悩め、研究生」氏は無責任に言い放つ。「〈主治医〉への道程は険しいのだ」

絶対なれない気がしてきた。ちまちま茶に口をつけ、けれどもふと疑問に思う。

「〈竜ノ医療〉は、竜の信頼の上に成り立つ。竜の信頼を得るには、竜のためを思うこと。だから竜を救おうとする者が〈竜ノ主治医〉になる――」

「おう」と氏が頷く。

「――あれって本当は、先生のお言葉だったんですか？」

〈竜ノ主治医〉を目指せ。おれにそう告げたのは、現主治医のマシャワ団長と教わった。けれどもディドウスの真の主治医であり、医師団の陰の長は別にいる。今おれの目の前でぬけぬけと丸パンを頬張る、真紅の女性だ。

「そうだが？」

だから何だと言わんばかりの氏である。

「誰が言おうが、然《さ》したる差はあるまい。マシャワも実際、同意していたしな」

いや、誰の発言かは重要でしょう。なんという無頓着ぶり。この人は、なんにも考えていないのだろうか——そう思わせる辺りが、氏はどこか竜に似ていた。

「私は世界各地から、竜ノ医療従事者を集めてきた。おかげで今現在、各科各部に有能な医師や技師たちが揃っている。それでもなかなか手に入らん人材があった」

氏は高々と手を掲げる。鮮やかな紅白の指が、ぴんと天をつく。

「〈主治医〉の後継だ」

立てられた指の数に、おれとレオは揃って首を傾《かし》げた。

「二人？」

同時に問うた生徒に、氏の笑みが深まる。

「ディドウスの今後五十年が、一つとは限るまい」

おれたちは顔を見合わせた。未来は変化に満ちている。それを二つに分けるなら。

「——生か」

「——死か」

二人同時の呟きに、氏は呵々と笑った。

「そうだ！〈生ノ主治医〉と〈死ノ主治医〉。私はこの二柱を、我が医師団に確立したいのだよ。こればかりは、そう上手くいくまいとも思っていたがな」

曰く、〈主治医〉の素質を持つ者が現れること自体、稀だという。

「竜のためを思えるか、否か――」おれは呟いた。

「そうだ。いつ如何《いか》なる時もな」羽根飾りを振り回しつつ、氏は頷く。「医師として当然の資質のようで、これが非常に少ない。なにしろ〈竜ノ医療〉の起源に反するのでな」

竜のためにあれ。そう謳いつつ、真意では人類のために作られた〈竜ノ医療〉。主治医とはその真意に真っ向から対立する人物である。

見方によっては、それは。

「人類の敵だな」

「はい？」

おれの素《す》っ頓狂《とんきよう》な叫び声を、責める人はいようか。この人はいったい、おれたちを何に仕立てる気なのか。

「それほどの覚悟が要るのだよ。いつ何時も、竜の立場に立つということはな。なあに、お前たちはきっと出来る。私はそう信じているぞ！」

背中を押されて良いものか、甚だ疑問だ。レオはそつなく「ご期待いただき光栄です」と微笑《ほほえ》んだ。爽《さわ》やかだが、皮肉に聞こえなくもない。気にする氏でもない。

「おう、感謝せよ。オパロフの子が受験に来ると知って、もろもろの異論を滅却したのはこの私だ！　ヤポネの子供まで連れてくるとは、さすがに予想しなかったが」

「まさに僥倖《ぎょうこう》といったところでしょうか」

「いや、このリョウ・リュウ・ジには当初、微塵《みじん》も期待していなかった！」

信じるだなんだと持ち上げておいて、この仕打ちである。

「その割には先生、おれを強引に研究室に引き入れましたよね？」

「〈ヤポネの目〉が使えると分かったからな」

氏の裏表の無さはいっそ称賛に値する。

「放射線照射や、磁器共鳴装置。さまざまな透視機器は備えたが、それでは把握しきれん疾患が山とある。その点ヤポネの〈熱〉を見る目は大変宜しい。イヅルの国に出向いて、ヤポネ人の医師を連れ帰ろうと計画していたぐらいでな」

どうも拉致計画に聞こえるのは、氏の日頃の行いのせいか。

それにしてもヤポネならカランバスにもいるのに、氏が目をつけなかったのは何故か。かつて〈赤ノ民〉の大地を奪ったドーチェの民だから？　死ノ同意を覆《くつがえ》した〈妄言者《ルオーシュ》〉

の子孫だから？

氏ならどれも下らんと笑い飛ばしそうなものだが。

「カランバス産は駄目なのだよ。大概、〈熱〉の見方を忘れているのでな」

「えっ」おれは氏の失敬さに構わず、純粋に驚いた。「なんで？」

「分からん。カランバスが極寒だからかもしれん。熱の乏しい季節が半年以上続くのだ。脚でも腕でも、使わねば機能は退行する。何世代と続けば退化もしよう」

氏の調べた限り、カランバスのヤポネは竜の体内を俯瞰《ふかん》するほどの〈熱視力〉は残っておらず、せいぜい壁の向こうの人物を察知して、占い紛いのことをする程度という。

おれは自分の目を押さえた。カランバスの本土で暮らしていた時、この力は邪魔でしかなかった。自分が何を見ているのか、誰も教えてくれない。そのうえ他の人には見えないという不気味さ。熱のない国土以上に、見たいという情熱がなかった。

カランバスのヤポネはきっと、その力を自ら断ってきたのではなかろうか。貴重な能力とも知らぬまま。

「じゃあやっぱり」少女リリが無邪気に声を弾ませた。「リョウは特別なのね」

「そうだな。少なくとも、特殊だ。熱視力の残存に加えて、ディドウスの〈免疫系《イムノテト》〉にも適応する。ドーチェの民とはいえ、はや四百年。子孫が皆そうとは限るまい」

氏の目は観察者のそれだった。全てを素っ裸に剝いて、臓腑《ぞうふ》の奥底まで見通し、病から目を逸らさず、命のはるか先を見据える――研究者らしい横暴さ。

「片や希少なヤポネの子。片や貴重なオパロフの子。まったく私は幸運だよ。これほどの生徒を持てる者は、今世紀に二人と出るまい」

氏は羽根飾りを揚々と振り立てる、かと思いきや、深々とため息をついた。

「――そう思ったのだが」

急にどうしたのかと、顔を見合わせるおれとレオに、氏は手の中のものを差し出した。

「これは誰が作ったのだね？」

丸パンだった。まだ食べる気ですか、という文句を抑え、ぱっくり割られた断面を覗く。

「ああ、それは」おれは隣を指した。「こいつです」

おかずになるパンはおれ、おやつになるパンはレオが担当したのだ。

「お口に合いませんか」レオが恐縮する。「杏子の姿漬け《ヴァレニエ》と、林檎《りんご》のおろしの砂糖煮《パヴィドラ》を、チーズ《トヴォログ》で和《あ》えたものですが」

いや、そんなはずはない。おれも食べたが美味かった。夏が戻ってきたような芳香と、甘酸っぱさ、そしてコク。これを嫌うやつはよっぽどの味盲だ。

「――血の腸詰め《クロヤンカ》どころか、燻製《くんせい》肉の欠片も入っていないな」

「あ、でも前よりマシですよ」おれは話の矛先を察した。「おれが横で肉を炒めている間、こいつは珍しく逃げ出しませんでしたから！」

生肉を取り出すだけで脱走していた頃に比べれば、これでも改善したのだ。意気揚々と訓練の成果を示すおれたちに、氏は何を思ったのか。シシ面もろとも天井を仰ぎ見た。

「お前たちが卒業するのはいつになるやら」

「それは、もちろん」

——ディドウスの生きているうちに。

そう答えかけて、おれは口を噤《つぐ》んだ。永遠の代名詞に、老竜の名を使うのは不謹慎だ。カランバスでは古くから『願いを言うべからず』と伝えられる。悪魔が嫉妬して邪魔しに来るのだそうだ。

そんな古臭い言い伝えは信じちゃいないが、ディドウスがあといくら生きるかは誰にも分からない。悠久を生きてきたからと言って、悠久を生き続けるとは限らないのだ。

早く卒業しないと。そう弁《わきま》えつつ、おれは思いもしなかった。

悪魔が今宵、老竜のもとを訪れるとは。

地震で揺り起こされた。そう思った。

これがディドウスの咆哮とのたうちだとは、寝台から転がり落ちても分からなかった。簞笥《たんす》が倒れて、窓硝子が軋《きし》みを上げる。壁を巡る配管がずれ、蒸気が噴き出して、警笛のような音を立てる。

それらの混乱全てを、落雷さながらの咆哮が吹き飛ばした。

「――！」

レオが何か言っている。そう直感したが、鼓膜が痺《しび》れて聞こえない。彼の姿も、暗闇でよく見えない。室内燈《ランプア》はおそらく割れている。雪明かりだけが頼りだ。

非常事態だ。ヤポネの目で見るしかない。おれは一瞬だけ、こめかみに力を入れた。

「おい、レオ！」

ぽうっと浮かび上がった熱源を、おれは摑んだ。相手もすぐさま、おれを引き寄せる。

直後、彼は飛びすさった。激しい揺れに、二段寝台の倒れる音がした。

大丈夫ですか。そうレオから聞こえる前に、警報の音がつんざき始めた。たまりかねたような響きだった。

『全団員に告ぐ！　全団員に告ぐ！』

放送の裏に、騒々しく怒鳴り合う声が聞こえる。

『ディドウスが急変した！　動ける者はただちに現場へ急行せよ。

繰り返す、ディドウスが急変。動ける者は――』

あんなに元気だったのに、どうして!

そんなおれの悲鳴は、老竜の叫び声に掻き消された。

出ましょう。レオが確かにそう言って、部屋の扉へと飛びついていった。勢いよく戸を開き、けれどもあえなく断念する。廊下側で何かが倒れて、戸がつかえたのだろう。半分ほども開いていない。

彼はすぐさま窓へと走った。幸いにも昨日、雪かきしたところ。積雪は窓の半分以下、なんとか出られそうだ。

レオが窓を開け放つ。雪が支えを失い、部屋になだれ込む。たちまち純白の絨毯《じゅうたん》が床に広がり、月明かりを反射して、部屋の中を照らした。皮膚の切れそうな冷気の中、おれは寝台の脇に落ちていた鞄を二つ摑んだ。診療服と道具が、この中にある。

洞穴を出るくろてんよろしく《クニーツァ》、雪の上へ這い登る。風も雪もない晴天の夜だが、やはり身が千切れるように寒い。それでも、おれたちは身震いするより早く走り出した。建物の傍は危ない。いつ何時、屋根の雪が落ちてくるともしれない。

案の定、地響きが来た。どさりと雪が落ちる音。

氷柱が砕け散り、おれの頬をかすめていった。

「車を捕まえましょう」

おれが投げた鞄を受け取り、レオが防寒着を引っ張り出した。おれも急いで鞄を開け、寝巻の上から着こむ。鞄の留め具が革製で良かった。金属ならば即座に氷のように冷え、指先の皮膚とくっついてしまっただろう。これ以上かじかむ前に、手袋も探さねば。

「来ました、一台！」

上着に袖を通す流れそのままに、レオが高々と手を挙げる。煌々《こうこう》とした前照灯に、彼の優美な輪郭《りんかく》が浮かび上がった。けれども彼が止まれと乞う前に。

「乗れ、研究生！」

炎さながらの、雪をも溶かす大声だった。

「ディドウスのふもとに向かう。早くしろ！」

ニーナ氏であった。看護主任の愛車に乗っている。少女リリの姿もあった。おれたちが即座に飛び込み、戸を閉めるや否や、主任の車は発進した。

「しっかり摑まってくださいねー」

ふんわりと言って、主任は容赦なく加速した。蒸気機関《モータル》が唸《うな》りを上げて主に答え、雪を砂塵の如く巻き上げる。なるほどとおれは思った。主任がこの車をお選びになったのは、どんな悪条件でも走れるようにとのお考えからだ。

ディドウスの緊急時に、真の主治医をいち早く送り届けるために。
「後ろで着替えておけ、研究生」氏は鋭く告げた。「無線は使えるかね?」
主任が柔らかに「はーい」と答えた時、送信機は早々と、氏に手渡されていた。
「こちら〈血内〉カイナ・ニーナ。現場当直医、応答せよ」
氏が無線に問いかける。血内とは〈竜血管内科〉の略称だ。
返答はすぐに得られなかった。相当混乱しているのだろう。もう一度、氏が呼びかけて
やっと、ガガッと無線が繋がった。
『こちら〈重機班〉当直者! 医師の先生がたは出払っています、どうぞ』
「ターチカか」氏が〈重機班〉班長の名を呼んだ。「状況は?」
『ディドウスが暴れ出してっ』ターチカの声は上擦っている。『突然のことで、私たちも
何が何だか』
「被害は?」
『現在、調査中です! でも多分、ディドウスの尾側の格納庫は駄目ですね。いきなり、
尾を叩きつけてきて。岩壁が崩れて。当直室がないから、人はいなかったはずですけど』
「分かった。引き続き、状況の把握と整理を頼む。それで〈麻酔砲〉は?」
『全方位、準備中です!』

「整い次第、投与せよ。投与量は〈竜麻酔科〉の指示を仰げ！」

『了解《ターク》！』

無線が切れる直前、どおんと重い轟音《ごうおん》が聞こえた。しばしあって、おれたちの場所まで振動が伝わってきた。ディドウスがまた暴れているのだ。

「飛ばしますねー」

警告より早く、看護主任はクラッチを入れた。

車体がぐうっと浮き上がる。おれとレオはなんとか頭を打ちつけずに済んだ。間一髪、着替えを終え、安全ベルトをかけたところだったのだ。それでも加速の圧がかかり、胸が潰れそうになる。

巨大蒸気機関車の跳ね上げ橋。雪のうっすら積もった坂を、主任の車が迷いなく行く。さながら砲丸の如し。事実ぶつかった者はただで済むまい。坂を下りた先が雪原で、老竜のもとまで文字通りの一直線だからこその、荒業である。

「ごめんなさいねー」

主任は朗らかに謝罪する。

「橋が仕舞われる前に降りたくて」

曰く、ディドウスの緊急時には、医療関係者の乗る後部車両と、子供を含む家族の住む前部車両を切り分ける決まりという。蒸気機関が前部車両を安全なところまで運ぶ一方、後部車両は補助原動機《サブモータル》によって、ディドウスのもとに近づくのだ。

「〈医療車両〉全て？」おれは唾を呑んだ。「〈竜医大〉も、〈図書館〉も？ 潰されるかもしれないのに」

「惜しんで何になるかね」氏はあっさり言い放つ。「この時《ヴァイナア》のために集めてきた資材と知見だ。今投入せずして、いつ使う？」

ヴァイナア。時を示す言葉のひとつ。またの意を、戦いである。

おれたちは今から、戦いに行くのだ。

欠片も減速せず、坂から雪原に飛び込む車体。それを待っていたように、跳ね上げ橋が収納され始めた。窓から窺《うかが》えば、〈医療車両〉と〈一般車両〉が離されようとしている。骨を鳴らすにも似た、空虚な音を立てて、連結具が外されていく。

空にかかるのは、大きな月だった。あと数日で満ちるだろう。白銀の月光のもと、雪がどこまでもなだらかに波打つ。地響きのたびに、雪の丘が崩れ、形を変える。

それは、大地の身もだえるさまだった。ディドウスが幾千回と耕し、育んできた大地の、断末魔の叫び。

——頑張れ、お爺《ディドウス》さん。

おれは診療服をぎりりと握る。医師の卵にも届かぬ身だ。着いてもきっと何も出来ない。

それでも願う。死なないで欲しい。耐えて欲しい。おれたち医師団が必ず治してみせる、
だからどうかそれまで待ってくれ、と。

人間は『抵抗』の動物。そう言った人を、そっと窺ってみると。

頑張れよ、爺さん——真紅の唇が、そう動いて見えた。


「始まっているな」

氏の呟きに、おれは車窓に頬をくっつけて、外の様子を探った。

主任の愛車が雪を蹴り立てている。横転しない方が不思議なほどの速度ながら、一度もぐらつかぬ安定ぶり。おかげで谷へと達するまであっという間だった。

〈赤ノ津波〉が目前に迫っている。その頂上を、おれは仰ぐ。そそり立つ岩肌の、真上の夜空がひどく明るかった。ありったけの照明を灯しているのだろう。

目標を、外さないように。

『〈麻酔薬弾《エタルフィーネ》〉、装填！』

拡声器だろうか、号令の声が夜空に響いた。

『発射！』

間髪を容れず、破裂音が幾十と鳴った。ディドウスが不快そうに唸り声を上げる。地を叩きつける音と、荒波のような揺れが続いた。

何が起こっているのだろう。

疑問を抱く間もなく、急に辺りが明るくなった。崖下の坑道へと車体が突入したのだ。急激な明暗差にぴりりと目が痛むが、数回の瞬《まばた》きでなんとか堪える。

主任がペダルを踏んだ。車が速やかに減速する。坑道に漂う蒸気を、車輪が豪快に斬り裂いていく。窓硝子にうっすらと水滴がついたころ、車は高音とともに急停止した。

氏が飛び降りたのは明らかに、車が停まるより早かった。

「ニーナ先生!」

坑道の壁沿いに並ぶ扉から、わらわらと団員たちが飛び出してきた。けれどニーナ氏は止まらない。坑道の先の、ディドウスのもとへと駆けていく。

おれたちも慌てて車を飛び降りた。そこでおれは「うわっ」と驚いた。冬の民らしく、冷気の刃を受ける気で出たのに、坑道の中がまるで蒸し風呂だったからだ。

ヤポネの目で確かめれば、格納庫にある蒸気機関全てが煌々と焚《た》かれていた。いつでも出動できるよう備えているのだ。これは冬で却って幸いだった。ただし雪の冷気に慣れた身体は迅速に汗を出せず、あっという間に頭がのぼせかける。

「状況を！」

氏が走りながら鋭く問う。

「三回目の〈投薬〉開始しました！」

追いすがって答えるのは人参色の髪とつなぎの女性、ターチカ班長だった。

「鎮静剤《ミダゾーラ》では効かなくて、今は麻酔弾と神経遮断薬の混合弾です」

レオが「エタルフィーネ」と小さく叫んだ。

「とても強力な薬剤です。モルヒーネの千倍に値すると聞きます」

「麻薬《モルヒーネ》の？」

おれは息を吞む。そんな劇薬を打って大丈夫なのだろうか。

「人間ならば、ものの数長針《ミヌト》で呼吸が停止します。しかし相手はディドウス。世界最大の竜ですから――」

そこに、どおん、と地揺れが届いた。おれたちはあっけなく転がされる。ディドウスがまだ暴れている。効いていないのだろうか。

おれは素早く受け身を取った。〈登竜〉の基本作法として叩き込まれた動作だ。勢いを極力削がず、すぐさま起き上がる。坑道の出口を目指すも、そこでぎょっと立ち竦《すく》んだ。

出口の真ん前で、待ち構えていたのは。

大きく開かれた、巨竜の口だった。

喰われる！　本能は悲鳴を上げたが、良く見ろ、と知性が叱咤した。ディドウスは頭を大地に押しつけて、首を捻《ね》じり、身もだえているようだった。苦しいのだろう、口で息をしており、唾液を撒き散らし、地面がてらてらとぬめる。

巨竜の瞳孔《どうこう》が大きく開いており、それが殊更《ことさら》に獲物をしとめる時のようだった。だが、これは捕食者の顔ではない。助けを求める顔だ。医師たちがいつも出てくる、小さな穴。そこを覗き込み、必死に耐えている。

「どこが痛むんだ、爺さん！」

ニーナ氏が怒鳴った。ディドウスは答えなかった。紅蓮の火焔《かえん》色の咽喉を露《あら》わにして、ただ叫ぶ。

間近に咆哮を浴びて、おれは意識を一瞬、飛ばした。

耳栓をしろ、愚か者！　氏の唇がそう動いて見えた。ええもちろんしておりますとも！　ディドウスの真ん前に出た瞬間に、これは不味《まず》いと突っ込んだのだ。けれどもまるで雷鳴の直撃を受けたかのようだった。

レオがおれを抱き上げた。その瞬間、また地揺れが起こった。苦しみを打ち払うように、巨大な尾が宙を薙《な》ぎ、先端が崖肌をかすめていく。

「二人とも、これをつけてっ！」

リリが駆けてきて、手の中のものを差し出してきた。新しい耳当てだろうか。

「遮音機能付きの無線機よ！」リリがもどかしそうに説く。「耳当てじゃ話せないでしょ。それにこれ、小さな音は拾うけど、一定の音圧以上は集音しないの！　ディドウスの声を気にせずに会話ができるわ」

曰く、うちの医師団で開発した優れものという。確かに、耳あての裏に、無線受信機がついている。ただし見た目は二の次のようだ。特に送信機を収める場所がなかったのか、耳当てから剝き出しの配線が伸び、通話機がだらんとぶら下がっていた。

「送信機はどこかに引っかけるのよ。分かったわね！」

おれの質問を受ける前に、リリは駆けていった。〈重機班〉ターチカ班長の指示を受け、忙しく立ち回る。彼女の顔は、なんだか凛々《りり》しかった。

ひとまず助言通り、ありがたく装着すれば。

『こちら〈麻酔科〉当直担当』

早速ざざっと衣擦れに似た音がして、無線が入った。

『〈血内〉カイナ・ニーナ科長、おられますか』

氏が素早く送信機を取った。

『ニーナだ。聞こう』

『目標《ディドウス》の〈鎮静〉、依然として未達。追加投与が必要と考えます』

『現時点での、エタルフィーネ投与量は？』

『上限に達しています』

氏がちらりと顔をしかめた。

その時だった。ディドウスの口が再び、大きく開かれていく。

おれは咄嗟《とっさ》に耳を押さえた。老竜が叫ぶ。熱い呼気の暴風が襲い来て、ところが驚いたことに、風圧のみで音はない。耳あてのおかげだった。なんという不思議な装置！

惜しむらくは、感動を覚える暇がなかった。

「上限ってことは、これ以上エタルフィーネは打てないのか？」

おれの問いに、レオが頷いた。小さな呟きほど、よく拾い上げる機械らしい。

「エタルフィーネは劇薬です。たとえ竜でも、用量を超えて打つと死にます」

「なら別の薬は？」

「残念ながら……、これ以上に強い薬はありません」

打つ手なし。そう聞こえた。

治療に来たはずが、近寄ることもままならないとは！　おれは愕然と老竜を見つめた。

彼は今、苦しみに喘《あえ》いでいた。荒い呼吸が風となり、坑道に漂う蒸気の霧を掃う。老竜の吐息を真正面に受け、火の如く舞う真紅があった。氏の髪である。ディドウスの巨眼をまっすぐ見据え、その横顔は手術刀の如く怜悧《れいり》であった。

やがて氏が見切ったように、赤い唇を開く。

『――追加投与を』

レオが息を呑む。空気がぴりりと肌を刺す。これは賭けだと、おれでも分かった。

『爺さんの瞳孔が開いている』

ニーナ氏はただ独り、怯まない。

『鎮静まで行かずとも、エタルフィーネが入っているならば、瞳孔径が縮小するはずだ。薬効が窺えん。おそらく、薬弾が筋中に達していない。

〈重機班〉！　砲台の発射出力は？』

『七割程度です！』ターチカ班長の声が割り込んだ。

『最大にしろ！　多少の出血や破鱗を怖がるな。鎮めんことには始まらん！』

『了解。全砲台、出力最大！』

『了解。投与量と発射の指示は、こちら〈竜麻酔科〉で行います』

無線が切れるや、空気が一変した。慌ただしく駆け回る足音の群れ。飛び交う指示と、医療用語。

立ち竦むばかりのおれとレオを、氏の紅玉髄の双眼が射貫く。

「来い、研究生！」

いつもと打って変わった鋭さに、おれたちは二人飛び上がって、馳せ参じた。

「ヤポネの目は使えるな」

氏の眼光に気圧されて、おれはこくこく頷いた。すると即座に「よし！」と、力任せに押し出される。一瞬、ディドウスの口に放り込まれるかと思った。

「見ろ」氏は鋭く命じる。

「何をですか」おれは焦って訊く。

「全てだ」

なんとも不親切に断じると、氏は翻《ひるがえ》ってレオを見た。

「お前は今日見聞きしたものを記憶しろ。カルテ書記はいるが、この混乱では書き洩らしがちだ。カルテに欠けた所見が後々、肝心と分かる場合もある」

レオは凜々しく「はい」と答えた。これにはおれも深く納得した。

願わくは、おれへの指示にも今少しの具体性を。切実に訴えたかったが、氏のもとには次から次へと団員たちが訪れており、とても訊けない。

とにかく見よう。おれは腹をくくった。本当は、一抹の不安があるけれども。

実のところおれは今、ヤポネの目が長く使えないのだ。

先日レオを取り返すべく、飛空船の構造を透視してからのことだ。〈熱〉を凝視すると、視界が早々に白濁《はくだく》し、痛みが奔《はし》るようになった。そのため最近は、何を見ると決めてからヤポネの目を利かせているのだが。

今日この日に使わずして、なんのための目か。

地面が揺れた。壁に縋《すが》るようにして、おれは耐える。痛みに伏せるディドゥスの、尾が捻じれに捻じれ、地面を数度打つ。月もかくやの巨大な眼球から、涙の溢れ出るさまに、おれは保身を脱ぎ去った。

こめかみに、ぐっと力を入れる。

たちまち、世界が色に満ちる。

おれの注目を待ちかねたように、〈熱〉の粒子が躍る。全てのものが透き通り、中身を曝け出す。全てがあけすけに、自分たちの温度を語り出した。

巨大な光が、眼前にそびえる。ディドゥスだ。内臓は怒り狂うような高温。対して肌はおびえたように冷たい。その間を巡る血潮は、いつにもまして速かった。

うろこの裏に広がる森が、胞子を盛んに上げていた。主の危機に狼狽《うろた》えるかのようだ。

重機の吐く蒸気と絡まり合い、天へと昇っていく。

ヤポネの目を通せば、うろこの森林も、人間と重機の駆け回る地上も、全てがひと続きだった。事実どちらも大差ない。老竜の上に生かされ、彼と命運を共にする。

『麻酔混合弾、装塡！』

拡声器の声が響く。麻酔科医だった。

『〈薬剤部〉より連絡がありました。薬弾型エタルフィーネは現状、これ以上の在庫なし。製造ラインを急遽回していますが、次回の投与実現は、最短で七日後になります。全台、外さないように願います』

崖の頂上付近で動きがあった。煌々と焚かれた炉が何十と見える。崖の尾根に沿って、重機がぐるりと配備されていた。〈麻酔砲〉だ。

『目標、対象の〈広背筋〉から〈中殿筋〉』

砲台が回る。冷たい筒先が下がり、ディドウスを狙う。

『出力全開』

炉からの蒸気が噴き出し、機内のタービンが回転する。

「撃つぞ、爺さん！」

巨竜に向けて、ニーナ氏が怒鳴った。腹の底に響く声だった。

「必ず治す。受け止めろ！」

ディドウスの目が動いた。涙の膜が張る中、巨大な瞳孔が真紅の人影を映す。あたかも頷くかのように、満月の瞳が瞬いた、その瞬間。

『発射！』

砲台の内部が発光した。

真っ白な熱の矢が、巨竜に降りそそぐ。青く冷えていたうろこが、あちこちで真っ赤に砕けた。薬弾が貫いたのだ。ディドウスがくぐもった呻《うめ》きを上げる。

白光の弾が、うろこの森林を裂く。皮膚の土壌をえぐり、さらに深く突き進む。薬弾の凄《すさ》まじい回転が、けれどもそこで急速に減じ始めた。目指す地層まで達するか。

おれは見入り続けた。

目の痛みも忘れて。視野の外側が、真っ白に染まり始めたことも気にせず。

「──届いた！」

薬弾の先が皮下を越えた、その瞬間。おれは叫んでいた。

「薬液が、筋肉の中に広がって見えます！　ほぼ全弾！」

これに氏は「よく見た！」と、実に短く労った。なんだ、おれの役割は、薬弾が筋中に到達したかを報告することだったのか。それならそうと言ってくださいな。

とはいえ、おれが何をどこまで見えるのか、おれ自身が知らない。とりあえず見とけという指示は適切か。なんにせよ、これ以上痛む前に、〈熱視野〉をいったん閉じておく。目をこするおれをよそに、氏が素早く無線を取った。

『薬弾の到達を確認した。投薬成功！』

けれど氏にも団にも、喜ぶ素振りはない。空気はきぃんと張りつめて、あたかも厳寒の早朝のよう。

今からが本当の山場。そう言わんばかりだった。

『こちら〈麻酔科〉と〈薬剤部〉。静注用鎮静剤は手配済みです。どうぞ』

『こちら〈呼吸器内科〉。先ほど現着しました。気道確保の準備に入ります、どうぞ』

『こちら〈重機班〉。輸液重機、出動可能ですっ！　どうぞ』

矢継ぎ早に届く報告の数々。その最後に、氏が締めくくった。

『こちら〈血管内科〉。これより静脈路確保《ヴィエーナ》に向かう』

すると方々から『健闘を《キシウダーチ》！』の声が届いた。

「ヴィエーナの確保って？」

祈りの声のあまりの数に、却って恐ろしくなる。とにかく事態を把握せんと、横の男を振り仰ぎ、その横顔の険しさに驚いた。

「血管に点滴針を留置する医療行為です」

「――いつもの採血だよな?」

「はい、手技はさほど変わりません。ただ今日は」レオの声がかすれた。「ディドウスの麻酔がいつ切れるとも限りません」

先ほど苦労して打ち込んだ薬弾。あれはあくまで仮の処置という。速やかに血管に針を入れて、点滴で薬を入れ直さなくては、遠からず覚める。

浅い麻酔に朦朧《もうろう》として、いつ暴れ出すともしれぬ巨竜。その上へと真っ先に登る者が、〈竜血管内科〉なのだ。

耳当てにこだまする祈りの声。それを一刀両断するように。ぶつりと集音が途切れた。

直後、大きな地揺れが全身を襲う。ディドウスに何かが起こったと知れた。

見れば、老竜は倒れていた。真っ赤な谷の底で、目を閉じ、巨体を捻じりながら臥《ふ》す。

麻酔がついに効いたのだ。けれども苦しそうな姿勢だった。麻酔が切れたら、すぐにでも寝返りを打つだろう。

その上にちょうど乗っていたら、一巻の終わりだ。

おれとレオは頷き合って、互いの覚悟を確かめた。おれたちは〈血内〉の研究生。氏が出るというなら、おれたちも続こう。

ところが意気込み充分に駆け寄ったものの。

「見ていろと言っただろう」

赤い瞳に射貫かれ、おれたちの足は止まった。

「ですが」レオが果敢に食い下がる。「地上からでは、細部まで見えません。回避行動は僕が取ります！　先生がたのお邪魔には――」

「邪魔だ」

氏は言い捨てると、身につけた命綱をぐっと確かめた。

「私が連れていくのは一人だけだ」

「違うでしょー、せんせ」

ふわりと歩み寄ったのは、看護主任だった。

「私が先生を、お連れするんですよ」

にこやかに差し出された手を、氏が取る。さらりと告げられた「すまんな」の一言に、主任はいつもと同じく、「いいえー」と返した。

「光栄ですよ」

強く繋がった二人の手。その向こうに、老竜の寝床が広がる。平坦だった地面は巨爪に掻きむしられ、岩盤は割れ、地下の施設がひしゃげて、蒸気が血潮の如く噴き出す。

これはディドウスが生きようともがいた結果だ。けれども人にとっては、死の鉤爪《かぎづめ》だ。

巨竜の周囲に、おびただしい数の薬弾が転がる。撃てども撃てども止まらない巨体への、どうしようもない恐怖が、弾丸の屍《しかばね》とともに転がっていた。

「では、行こうか」

一切の曇りなく、氏が宣言する。

竜の前に立てること。ただそれだけが〈竜ノ医師団〉の条件だ。ここにいる者は全て、その資質を持っている。それでもそのうち、どれほどいるだろう。

荒れ狂う竜にもすくまず、対峙《たいじ》しうる者は。

「ニーナ先生！」

歩み出した〈真の主治医〉に向かって、おれは有らん限りの声で祈った。

「ご健闘《キシウダーチ》を！」


『駄目だな。左の前肢は捻じれて、角度が取れん』

ニーナ氏の声が耳当てに届くたび、おれは安堵する。

『後肢に移る。だが落石と落鱗が多い。〈重機班〉、車両は寄せられるか』

『〈重機班〉ターチカですっ。目視のみですが、可能かと！　最新型なら多少の障害物は踏み越えられます。穿刺《せんし》角度を最優先にお考えください！』

無線のやりとりに聞き入りながら、鉄柵を握り、地上を覗き込んだ。

おれは今、横たわるディドウスの巨体を眺め下ろしている。

老竜を囲む崖の見晴台。〈主治医班〉が指揮をとる場に、おれとレオは上げてもらった。

研究生の分際でおこがましい？　そんな遠慮は微塵も湧かなかった。氏は見ろと命じた。

良い視野を取るべきだ。

崖肌の赤い岩が、月影にくすんでみえる。真冬の風と重機の蒸気が、崖肌を駆け上る。

冷気と熱気の合間から、おれは老竜を見渡した。ディドウスの巨体は伏せてもなお高く、
背の稜線は仰ぐばかり。彼の近くにあるほど、彼の全てを見るのは難しい。

この巨体から、病魔を探し出し、退治するのだ。

眩暈を覚えるおれとは裏腹に、ディドウスの真の主治医は、薪をくべられた炎のように
はつらつとしていた。

『おお、爺さんは強運だ！』無線から届く声には一切の迷いがない。『左後肢の外側伏在
静脈。最大径の輸液針が入るぞ。

〈重機班〉！』

『はい！〈穿刺車両〉、出動します！』

崖にモーテル音が響き渡った。蒸気の柱が幾本も立ち昇る。待機中の車両が一斉に点灯して、巨竜の腕に立つ人を真っ赤に照らし出した。

『全団員に告ぐ！』

無線を介して、氏は火を放つ。

『各科ともに全力で診療に当たれ。人材の安全を最優先に、しかし資材は一切惜しむな。陽が射す前に、診断をつけるぞ！』

無線を持つ者も、持たない者も。誰しもが同時に叫んだ。

「了解《ターク》！」

その時大きな汽笛が、まるで応えるように届いた。〈機械仕掛けの竜〉が到着した報せだった。団員の家族を乗せた車両を切り離し、この戦場にやってきたのだ。

ぞくり、と皮膚が粟立った。極夜の冷気を押し返す熱が、おれの全身を巡る。そうだ、ディドウスだけじゃない。強運なのは、おれも同じだ。

悠久を生きる竜の、生死を分かつ大異変。儚《はかな》い人間の一生において、一度あるか否かの天変地異。その瞬間を、おれは目撃しているのだ。

この日のために、世界から集められた医師たちの、真ん中で！

『〈麻酔科〉です。鎮静、完了しました』

『〈呼吸器内科〉です。これより挿管します』

『〈放射線科〉より連絡です。〈断層画像検査《トーモグラフ》〉の準備中ですが、尾側の機材に破損を確認。予備機材と交換します。他の検査を先行してください』

『こちら〈検査部門〉。〈監視装置《モニトール》〉整いました。挿管後、装着を試みます』

流れるようなやりとりが、無線を介して夜空を飛び交う。崖底では、人や車両が整然と大地に並んでいた。着々と瓦礫《がれき》が除けられ、道が作られ、機材が並べられていく。

竜の視点では、人間なんぞ蟻《あり》同然という。確かにこれはありんこだ。踏めば死ぬような小さな身体で、高度な共同体を成し、巨大な牙城を築き上げていく。

『〈呼吸器内科〉です。挿管、成功！　人工呼吸器に繋げます』

崖下を窺えば、力無く開かれた巨大な口に、太い管が差し込まれている。あれで呼吸を助けるのか、と思って見ていると。

なんと口の中から、人影が出てきた！

驚きに「げぇっ」とのけぞるおれの横では、レオが崖下を覗き込んで、「鮮やか《ズドーラヴァ》！」と惜しみない拍手を送った。

「初めて見ました、〈気管挿管〉！」

「下手すりゃ喰われるぞ?」

「ええ、竜の咽喉に直接入るという、非常に危険な手技です。患竜が覚醒すれば十中八九呑み込まれます。施行事例が世界でも少なく、時間を要するはずのところ、たった十長針《ミヌト》余り！　素晴らしい」

〈竜口に飛び込む〉——愚行を表す慣用句だが、実行できる者はかなり限られるだろう。真面目な話、竜の口に入れるか否かが〈竜呼吸器内科〉の入局条件に違いなかった。

もっとも団を率いる人は、必要とあらば竜の胃にも飛び込みそうだ。

『〈血内〉ニーナだ！〈検査部門〉に確認したい。〈監視装置《モニトール》〉より先に、〈心電図《カルジアグラマ》〉は取れるか』

『〈検査部門〉です。ディドウスの体勢は現在〈左半腹臥位〉です。〈十二誘導心電図〉は難しいかと』

カルジアグラマは、丸太のような〈誘導電極柱〉をつける検査だ。左胸から脇にかけて六本、四肢それぞれ一本ずつ当てる。しかし——

「お爺《ディドウス》さんの体勢が」

おれは声を漏らした。レオが頷いた。

「ええ。左胸を地面に押し当てています。あれでは胸部六極が当てられません。けれども心配御無用。四肢電極だけでも簡易の波形が得られますし、血液検査からも心臓の様子は分かります」

ニーナ氏も予測していたのだろう、即座に方針を転換した。

『では〈生理検査班〉に告ぐ。心筋酵素の監視を！　採血路は確保済みだ』

『了解。血液、採取します』

このやりとりに、レオがまた拍手を送る。今日に限っては『血酔い』についてすっかり失念している様子。ここは気づかぬふりをするのが友情というもの。

「医療は〈目〉なのですよ、リョウ」レオは頬を紅潮させる。「体内に起きていることを、如何に可視化するか。その連続なのです」

心臓を奔る電気を、波形に変える。

血液内を巡る物質を、数値に表す。

時には体内に潜り込み、その形を直接目にする。

確かに〈医〉は〈目〉だ。おれは自らの目に触れた。その時だった。

「リョウ、避難しましょう！」

鋭い声に飛び上がる。慌てて見渡すと、見晴台から人影がすっかり消えていた。レオも見晴台の中ほどに移動していた。足もとに、鉛の扉が開け放たれている。

警笛が鳴り響いた。

『〈放射線科〉より通達』

けたたましい警告の合間を縫って、耳当てに無線が届く。

『機材の交換が完了しました。これより〈断層画像検査《トーモグロフ》〉を実施します。団員はただちに所定の区域に避難してください。

繰り返します。〈断層画像検査〉を実施します。速やかに――』

なにグロフだって？

地上に目を走らせれば、ディドウスのふもとにいた団員たちは皆、全速力で崖の施設へ走っている。看護主任が氏を抱きかかえ、老竜の腕から飛び降りていた。

ごうん、と大きな歯車の回る音がした。

崖のあちこちで、鉄扉が開いた。中から現れたのは、巨大な機械だ。その高さたるや！竜の首にも匹敵する巨大な鉄柱が、幾十と伸び上がり、まるで城の尖塔のように、眠れる老竜を取り囲む。

「リョウ、早く！」

鬼気迫る声に、一喝された。

「もうじき避難所が閉じます！」

つい見入ってしまっていた。飛び上がって、レオのもとへと駆ける。おれたちが転がるようにして階下に潜り、間一髪！　鉛の扉は閉じられた。雪の欠片一つも入れぬと言わんばかりの、完全無非なる隙間の無さだった。

「なんとかグロフってなんだ」

息を切らしながら、おれは尋ねた。

「〈断層画像検査〉ですね」そうそれ、とおれは頷く。「平たく言えば寫眞機《フトグラ》の一種です。通常の寫眞機は光《スヴエート》を利用するため、写るのは外表のみですが、断層画像では放射線《ラジアーツェ》を使用します」

レオの表情は硬い。周りの様子を窺えば、他の医療人もみな同様だった。しぃんと押し黙り、部屋の真ん中に寄り集まって、丸窓の外を不安そうに見つめている。

まるで防空壕の趣だった。

「ラジアーツェは、非常に有用性の高い電磁波です」

レオが声を潜める。

「身体の内部を投影するのに、これ以上の技術はありません。人間の医療にも利用されています。ですが竜相手では、その量は桁違いとなります」

その声音は心なしか震えていた。

『〈放射線科〉より連絡』

ラジアーツェの使い手が無機質に告げる。

『避難完了の最終確認をします。各部署より、順に願います』

無線に続々と応答が上がった。文字列の〈アー〉から〈ヤー〉の順に倣《なら》って、診療科が『避難完了』を唱えていく。順調に確認が終わろうという時だ。

『待て！〈血内〉の研究生二名、いるか！』

ニーナ氏であった。

おれたちは一瞬、互いに顔を見合った。はっと気づき、慌てて送信機を探す。発言する立場にないと思っていたので、どこにぶら下げたか、すぐに分からない。

『こちら〈血内〉の研究生です！』レオの方が早かった。いつもながら助かる。『リョウ、レオニート両名、見晴台の下に避難しました！』

『よし。すまんな、〈放科〉。続けてくれ』

なんとか通信を終えて、ほっと息をついた後、背筋がぞっと冷えた。

今、氏が確認してくれたけれど。

もし誰にも気づかれぬまま、逃げ遅れていたら、どうなっていたのだろう。

『〈放射線発生装置〉、起動します』

非情なほど淡々と、医師が告ぐ。そうでなければ務まらないのだと悟る。もしも誰かが取り残されていたら——そんな懸念に手が止まるようでは、いつまでも進めない。

『照射域は脳および胸腹部。人工呼吸器を一時停止します。機械操作はこちらの〈科〉で代行します』

『〈呼吸器内科〉です。了解しました』

何故せっかくつけた呼吸器を止めるのか。驚いてレオを見れば、簡潔な解説が返った。曰く、呼吸によるぶれをなくすためだと言う。

この検査は、人も竜も命がけなのだ。

——竜の身体を切り開かずして、その全てを把握しうる力。

氏の言葉が不意に脳裏をよぎった。おれは再び自身の目を押さえた。医師ならば誰もがうらやむ力だと言われ、今日まで実感はなかったけれど。竜の体内を覗くことが、かくも危険なものだと、ようやく知った。

良かったと安堵した。熟練の医師たちと、数々の診療重機。これだけの条件がここには揃っている。おれが知らないばかりに、何かを見過ごす——そんな怖れだけは、しなくてよさそうだ。

『十《ダシチ》、九《ゼシチ》、八《ヴオシミ》……』

照射までの秒読みに入った。誰しもが話さない。息すらしていないようだ。

おれは無意識に隣の腕を摑んだ。大きな手が、おれの手を包む。外の方が危険なのに、喚《わめ》き散らしながら飛び出したくなる矛盾。互いの指の激しい震えに、なんとか我に返り、暴れ出しそうな足を必死に抑えた。

『照射開始』

絶対に動くな。そう押し留めるように、低い警報が響き渡った。

「――見つからない？」

照射が終わって、しばらくのこと。

検査は犠牲なく終わり、ディドウスの人工呼吸も滞りなく再開された。避難指示が解除され、おれたちは誰からともなく安堵の拍手を上げた。見晴台の上に戻り、さぁいよいよ病因解明か、と意気込んでいた、その矢先。

無情な報せが届けられたのだった。

「急変の原因と思しき病巣は、現時点で見当たらないそうです！」

〈放射線科〉の〈読影部〉からの速報だった。〈読影部〉は〈断層画像検査〉などで得られた投影寫眞《フトグラ》を読み込む専門家集団だ。ディドウスの巨体に対するべく、その人員数は数百と世界最大級である。

それでも、結果は件の通り。

「まだ速報だろう？　細部は見落としがちだ。再見まで待とう」

「あるいは、〈断層画像検査〉では拾えないほど、小さな病変なのでは」

「いや、そんな小さな病変で、ここまでの急変が起こるのか？」

あちこちで議論が起こるも、おれは呆然として聞くだけだった。こんな危険を冒して、何も分からないなんて。

「画像検査は、万能ではありません」

レオはおれよりも幾らか冷静だ。彼の美声は、この混乱時にも場違いなほど柔らかい。平時には聞き流しがちだが、今日は耳に受け入れやすかった。

「疾病の中には、明らかな変化として現れないものもあります。それに先ほど先生がたも仰っていましたが、全身照射といえども、全身くまなくは写せません」

えっ、と声が漏れた。

「なんで？　頭《てっぺん》から尻《けつ》まで写してたじゃん」

「ええ、まあ」こほん、と咳払いされた。「とはいえ頭部から臀部《でんぶ》まで、ひと続きに撮影しているわけではありません。竜体は三次元、紙面は二次元ですから」

なんのことやら。

普段ならそこで終わらせるが、今日に限ってはもう少し粘ってみる。

要するに、だいたいこんな感じだ。〈断層画像検査〉は、竜の輪切りの寫眞《フトグラ》をいっぱい撮って重ねたもの。教科書の端に落書きして、ぱらぱらとめくるアレだ（おれはしないぞ、本は宝だからな！）。輪切りの幅を狭くすればするほど、よりなめらかな立体画像となる。

なるほど。

「で、その幅がなんて？」

「現在の医療では、二十馬身《サジェ》ごとに透視するのが最小幅と聞きます」

一馬身は三歩幅《シャグ》。二十馬身はつまり六十歩幅。ゆっくり歩いて、おおよそ一長針《ミヌト》ほどの距離である。なるほど――ではない。

「そんなにスカスカなのかよ？」

「おうとも、スカスカだ！」

背後の声に思わず飛び上がった。おずおず振り向けば、いつからそこにいらしたのか。シシ面の奇人がふんぞり返っていた。

「それでも現代技術の粋を集めた最新機器なのだよ。これ以上に詳しい全身画像検査機は世界に存在しないのだ。不満かね、ヤポネ人？」

おれはもごもごと言い訳を舌で転がした。レオは「お帰りなさいませ、ニーナ先生」と爽やかに笑んでみせた。彼は媚びる表情すら非の打ちどころがない。

「しかし、所詮はまだ医師の卵未満だな。『何も見えん』からといって、『何も分からん』とは限らんのだよ」

氏が紅白の指をくいっと向ける。

その先にいたのは、盛んに議論を交わす医師たちだった。

「とにかく、ディドウスの体内には、出血が『見られなかった』わけだ」

ある医師が高らかに論ずると、すぐに応答が上がる。

「消化管の出血は？　断層画像には写りにくいわ。〈内視鏡〉でないと」

「いや、貧血は報告されていない。やはり出血の線は薄い」

「大きな血栓もなさそう。気胸、腸穿孔でもないわね。膵炎の兆候もない」

「〈心筋梗塞〉は除外できる？　どう？」

「簡易心電図、心筋酵素に異常はないようだね。ただ肺にうっ血が……」

医師たちが見つめるのは、読影結果だけではない。続々と上がる血液検査結果、発症の経緯、身体所見。おれには意味を成さない事象を、深く読み込んでいく。

これが〈竜ノ医師〉か。

彼らの立つ場所の、なんと遠いことよ。高き壁に、おれは改めて触れていた。

「そう恐れるな、少年！」

おれの背を、氏がばんばんと叩いた。

「幸いにも竜はでかい！　その分、猶予がある。これが人間であってみろ。ちょっと出血しようものなら、ぎゃっと叫ぶ間もなく死ぬのだぞ。あぁくわばら、くわばら」

氏が仮面ごと頭を振り立てた。この人が人間の医師でなくて良かった。

「つまり先は長いのだ。英気を養うのも仕事のうちよ。なぁ、料理長《シェーウ》？」

この人はまた、何を言い出したのかと思った矢先。

不意に漂ってきた香ばしさに、おれの鼻はひくひく動いた。

「前置きが長いんだよ、万年無銭飲食娘！」

迫力のある声とともに、どっしりと逞《たくま》しい足音がした。見晴台の裏の崖階段。手すりもない急勾配をものともせず、屈強の御婦人が現れた。

その逞しい手が抱えたるは、湯気すらも芳しき寸胴鍋！

「食堂から、夜食の配達だよ！」

料理長の後ろからわあっと現れたのは、学生たちだった。おれたちと同期の新入生だ。鍋や皿や薬缶を持たされている。おれはなんだかとても安心した。正規の入学をはたした彼らであっても、食堂の配達係ぐらいしか、出来ることがないのだ。

「昔から言うだろ、『空の袋は立たせられぬ』ってね。小難しい話をする前に、満たせるものを満たすんだよ。今夜は特別にお代わり自由だ、たっぷり喰いな！」

途端、見晴台が拍手喝采に沸いた。みんなかつて学生であり、シェーウの料理を食べて育っている。シェーウは前のシェーウの弟子と聞くから、学生食堂の味は医師団員全ての母の味である。

我先にと殺到する医療人らを、シェーウは手振り一つで並ばせた。皆がきちんと一列に並び、皿を受け取る。定番のあつあつ水餃子《ヴァレニキ》に、おかずたっぷりの焼きパン、そして紅茶。崖の風に冷めぬよう、分厚い器にちょっとずつ、けれども何回も盛られる。

「シェーウも残られたんですね」

数回目のお代わりを貰う際、何気なく訊けば、シェーウは逞しい肩をすくめた。

「当然だろ、あたしも団員だ。祖母さんの祖母さんの祖母さんの、その前の代からね」

びっくりして訊き返せば、カランバス建国以前。ディドウスがこの地を終の棲家と決め、巣作りを始めた時代から、シェーウの一族は彼のふもとに移り住んできたという。

「ディドウスのための医師団が結成された当時からってことですか？」

「そうだよ」シェーウは深くため息をついた。「その何百年も前から、ディドウスは死ぬと言われ続けてきたんだけどねぇ――」

自分の代になって、ついに。そう聞こえた気がした。

「大丈夫です！」おれは力強く告げる。「今回も、きっと元気になります」

シェーウは、ふん、と鼻で笑った。

「あぁ、そうだろうよ。竜の血には不死身の力が宿るって言うしね。あたしらの爺さんは今回も、何食わぬ顔で生き続けるのさ」

ぶっきらぼうな言いように、竜への愛を感じ取って、おれは大きく頷いてみせた。

そうだ。ディドウスはそうでなくては。

変化こそ万物不変の理。そんな金言はあるけれど。彼のいないカランバスなんて想像も出来ない。ディドウスはこれからも、この赤茶けた岩の渓谷にごろごろと寝っ転がって、咽喉が痛いだの、翼が重いだのと文句たらたら、悠久の時をあり続けるのだ。

パンを紅茶で流し込み、水餃子をスープの一滴まで飲み干す。御馳走さまでした！　とシェーウに皿を返すと、おれは猛然と駆け出した。

目指すは見晴台の際。手すりを摑み、ぎりぎりまで身を乗り出す。伏してなお仰ぎ見る巨体に、真正面から対峙する。

「リョウ」

レオがそっと、おれの傍らに立った。

「見るのですか?」

どこを、と続いた彼の囁《ささや》きに、おれは問い返した。

「お前なら、どこを見る?」

答えは沈黙だった。

珍しく迷っているらしい。それでいて、解は持ち合わせている様子だ。促してやっと、彼は心を定めたように口を開いた。

「……心臓を」

なるほど、だから迷ったのかと察した。心臓は皮膚や筋肉よりずっと深い。しかも現在ディドウスは左胸を地面に押しつけている。今宵、心臓は最も深い臓器だ。目への負担も最大となる。

それでも、だからこそ。

「心電図《カルジアグラマ》が取れていません」レオは静かに述べた。「簡易の〈四肢誘導〉はつけていますから、不整脈程度なら捉えられますが、本当は不充分なのです」

——だからもし、その目が自分のものなら、真っ先に見るのに。

そんなもどかしさを、彼は決して口にしない。

「見るよ」

おれは手を伸べた。連れていけ、というように。

「どう見たらいい？」

レオが息を呑んだ。考えてみれば、今回が初めてかもしれない。おれがこの目を誰かに委ねるのは。

竜の巨体の、どこを見れば良いのか分からない。そのうえ目を痛めており、長くは熱を探れない。断層画像のように共有できるわけでもなし、でしゃばっても邪魔になるだけ。そう思っていたけれど、何を驕《おご》っていたのだろう。

全て一人でする必要なんて、なかったのだ。

レオの真っ白な指が掲げられる。山の如き巨竜の身体を、彼はまっすぐに指し示した。心臓の座す場所だ。彼の頭脳には、竜体の内部が全て記憶されている。

「角度十八度、距離百七十五馬身」

彼は密やかに告ぐ。

「了解」

おれはこめかみに手を添えて、ぐっと力を込めた。

色の爆発が、網膜を襲った。咄嗟に目を瞑《つぶ》りかけて、ぐっとこらえる。始めたからには引く気はない。この熱の層を一つずつめくり、さらに奥へと潜るのだ。

目指すは心臓の沈む深海。うろこの波を越え、皮膚の浅瀬を越え、筋肉のさらに奥へと突き進む。

「……分厚い筋肉だな」おれは呟いた。

「背筋群ですね」レオは正確におれの言葉を拾う。「何層目ですか」

「四つ目」

「この角度からだと、そろそろ抜けるはずです――胸腔へ」

肋骨の合間を縫って、虚《うつ》ろな胸腔へと飛び込む。

そのまま速やかに肺へと沈んだ。この臓器を例えるなら、潮流だ。老竜の吸った外気の冷たさ、吐き出す息の熱が、早瀬の如く寄せては返す。おかげで目がいっこうに慣れない。早くも刺し始めた痛みを掻き分けて、光の深海を潜っていく。

「動脈の太い方へ遡《さかのぼ》ってください」低くかすれる声が導く。「その先にあります」

「あぁ」おれは両の目を細めた。「来たぞ――心臓だ」

肺にくるまれた最深部。体内で最も熱い臓器の一つ。

それは太陽だった。純白に発熱した光の塊。あまりの眩しさに輪郭もおぼろだ。それが悠々と縮んでは、全身に向けて血潮を押し出す。

「竜の心臓は意外にも、人のそれに似ています」

おれを援けるべく、レオが穏やかに説く。

「左右の心房と心室の、四つの部屋から成ります。血液が混ざらないため、身体中に効率よく酸素を送れるのです」

子守歌のような安らかな声に、目の痛みがほんの少しやわらぐ。

「見えた」おれは笑った。「本当だ、四つの部屋がある」

どの部屋をじっくり見たいのか。訊けば、レオの思惑は違った。

「心臓の表面を」

「中じゃないのか?」

「もしも血栓があったなら、リョウはもう気づかれているはず。狙いは〈冠状動静脈《コロナルニィ》〉――心臓自身を養う血管です」

心臓をぐるりと取り囲む細い血管。宝冠のような形から、コロナルニィと名付けられたという。言われるままに見つけようとして、おれはぐっと息をつめた。

「大丈夫ですか」レオがおれの肩を掴んだ。

「もう少し」おれは自らに念じた。

灼熱の塊に見入る。それは太陽を直視するにも等しかった。けれども目を閉じたら最後、ヤポネの視野が途切れる。燃え盛る表面から、黒点を探すようにして、細い血管を探す。

事実、ディドウスの心臓には黒いしみがあった。あるところでは、葉脈のように黒が筋をなしている。

黒？　おれは一瞬瞬いた。

色のないところ。即ち、熱の無いところ。

「それです！」

おれの呟きに、レオが叫んだ。

「熱の流れがない。即ち、血の流れのないコロナルニィ！」

刹那《せつな》、ぷっつりとヤポネの視野が途切れた。限界だった。おれの呻き声を聞きつけて、その人はやってきた。

「よく見た、リョウ・リュウ・ジ！　それでこそ、未来の主治医だ」

崖の強風が吹き上げる。雪の匂いが鼻腔を刺し、氷の冷気が肌を刻む。純白の闇の中、真紅の髪が立ち昇るさまを、おれは見た気がした。

病魔を串刺しにせんが如く、氏は高らかにその名を告ぐ。

「〈心筋梗塞《インファクト・ミオカルダ》〉だ！」

心筋梗塞《インフアクト・ミオカルダ》

急性疾患の代表格。虚血《きよけつ》により、心筋が壊死《えし》するもの。心臓を巡る〈冠状動脈〉が閉塞または狭窄《きようさく》することにより引き起こされる。

典型例では、締め付けられるような激痛が突然出現し、長時間持続する。背中や左肩に放散する痛みが特徴とされる。予後は極めて重篤で、発作からほどなくして死亡に至る例もある。診断に充分な聴取ができない場合が多く、また非典型症例も稀ではなく、心電図を含めて厳重に調べても、2%は発見できない。広く知られた疾患でありながら、診断が非常に難しい、医師の大敵中の大敵である。

人竜ともに、急変時に当たっては、この疾患を必ずや想定されたし。

カルテ6

咽喉《のど》の痛みと、竜の暴走　～治療編～

患竜データ			
個体名	〈竜王〉ディドウス	体　色	背側：エメラルドグリーン 腹側：ペリドットグリーン
種　族	鎧　竜		
性　別	オ　ス	体　長	1460 馬身（実測不可）
生年月日	人類史前 1700 年前（推定）	翼開長	3333 馬身（実測不可）
年　齢	4120 歳（推定）	体　重	測定不能
所在国	極北国カランバス	頭部エラ	宝冠状
地域名	同国南部モルビニエ大平原 通称〈竜ノ巣〉	虹　彩	黄金色

カランバス暦 433 年　（人類暦 2425 年）11 月 14 日

主　訴

苦悶様表情

現病歴

突然の暴走。本竜は鎮静済み。

既往歴

胃食道逆流症（咽頭痛の再燃増悪、胸部不快感の出現）、
疥癬、高血圧、高脂血症

身体所見

血液検査、簡易心電図に異常なし。

診療計画

超急性心筋梗塞の疑いあり。

申し送り

心筋酵素の持続計測、心電図の変化に注視を！

インファクト・ミオカルダ――心筋の死。

心臓の筋肉を養う〈冠状動脈〉が塞がることで、心筋が酸欠に陥り、破壊される病だ。心臓が死ねば、命が尽きる。改めて説かれるまでもない。

「え。でも、ちょっと待ってください」

ディドウスの心臓を直視して、おれは目が開かない。レオに椅子まで誘われ、手探りで腰を下ろしながら、おれは抗議した。

「ディドウスはいつから心臓を悪くしていたんです?」

「おそらくずっと前からだ!」

氏はきっぱり言い切った。

「葉脈のような黒い筋が見えたのだろう? それは冠状動脈が根もとでほぼ詰まっている状態だ。血管がそこまで詰まるには相当時間がかかる」

「でも、なんの兆候もなかったじゃないですか？」

何故か、氏は高らかに笑った。実に響く声だ。頭痛の時はきつい。

「兆候ならあったではないか。咽喉の痛みと、胸のむかつきがな！」

いや違うだろう、とおれは思った。

だって、はっきりと覚えている。咽喉の痛みは、おれがディドウスに初めて会った日に訴えていた症状だ。診断名は〈胃食道逆流症〉。いわゆる胸やけだ。ヴィタミーン不足の一件で、胃薬を止められてしまったので、また再燃したのだろう。

「青いな、研究生」

氏は今、指をちっちっと振っているに違いない。

「確かにそう考えがちだが、よく考えろ。爺《ディドウス》さんはじじいだ！」

いきなりの頓智《とんち》。いや、罵倒《ばとう》となった。

常のことなので今更ぎょっとしないが、レオは「なるほど」と唸《うな》っている。

「〈非典型こそ典型なり〉ですね……！」

「なんのこっちゃ」

つい本音が漏れ出た。

「〈竜ノ医療〉における著名な格言です。ある条件の竜はたとえ心筋梗塞になりかけても、胸の痛みや息苦しさなど、典型と言われる症状が出ないのです」

その条件とは、三つ。

老竜。雌竜。あるいは、糖尿病や高血圧症の患竜である。

「って、ほとんどかよ？」

雌竜が入る時点で、人口ならぬ竜口の半分はいく。竜の四分の一は老竜だし、そもそも心臓を病むような竜は若いうちから高血圧や糖尿病を持っている。

「〈典型〉の方が少ないじゃんか？」

つまり〈心筋梗塞〉は。

「あまりにも多彩なのです」

肩こりがひどい。気持ちが悪い。お腹が痛い。咽喉が痛い。そんな訴えのどれもが重病の前駆症状たりえる。

他方で、竜は極度の文句垂れだ。ただの肩こりや食あたりや胸やけの場合がほとんどである。特に、ディドウスに関しては。

意識がふっと遠のきかける。なんかあったな、そんな昔話。森の王者ひぐま《ミシャ》が来るぞと何度も嘘をついていた男が、本当に襲われたら誰も相手にしてくれなかったという、深い教訓を込めた寓話。

「だから、私がいつも言っているだろう！」

氏は今きっとふんぞり返っている。

「爺《ディドウス》さんは常日頃から、小さいことで騒ぎすぎなのだ。やれ咽喉が痛いだの、肩が痛くて飛べないだのと、くだらんことばかり言っているから、肝心な時に本気にされんのだよ。医師からも、自分からもな！」

〈竜ノ医療〉では竜からの訴えがとても大切だ。命の危機が迫っているという、竜自身の直感を足掛かりに疾患を見極める。過剰対応は大の御法度。緊急性の低いものにいちいち全力投球していては、人材も資源もすぐ枯渇するからだ。

ところが現実は理想通りにいかない。いつも不平たらたらの患竜に限って、真に危険な時には強く主張しないという。

「なんでですか」

「現実逃避するからだ！」

氏の答えに、おれはやっぱりそうかと頭を抱えた。

ディドウスは痛いのが大ッ嫌いだ。たかが注射ひとつでも、うだうだと長話をして引き延ばしにかかる。おまけに極度の面倒くさがりだ。検査も億劫《おっくう》がり（大概、動かなくてはならないからだ）、なんだかんだと言い訳を垂れる。

今回の咽喉の痛みなどもきっと同じだ。以前の胸やけとはどこか違う、なんだか不味《まず》い気がすると、本当は思っていたに違いない。

けれども言えば医師たちは大騒ぎしようし、やれ血を寄越せ、薬を呑め、立ち上がってどこそこを見せろ、と命じられるだろう。だいたい本当に重病なら、いずれたいへん痛いことが起きる。考えるだけで嫌になった可能性は高く、竜は自分の気持ちに正直だ。

「これが前兆の〈狭心症〉の段階で痛ければ、爺さんでも騒いだろうがな。高齢で痛みが鈍いのを幸いに、大丈夫だろうと楽観したのだろうよ、勝手にな!」

このずぼらじじい! と氏が罵倒する。擁護の隙が無い。

おれは両目をそっと開けてみた。まだ視界が白く霞むものの、ものの輪郭《りんかく》はなぞれた。赤く浮かび上がる人影に、ぼんやりと目を向ける。たとえ盲目になっても、氏の姿だけは追えそうだった。

「でも、先生。血液検査とか簡易心電図は問題なかったって、さっき聞きましたけど」

「あぁ、さっきはな!」

今なら分かるとでも?

「検査が失敗だったってことですか?」

「何を言う。我が団は非常に優秀だ。ただ、優秀すぎたのだ!」

氏の自画自賛も、ここに極まれり。しかも優秀すぎたがゆえに疾患を捉えられないとは逆説の極み。

おれの疑いの目をものともせず、氏は自信たっぷりに指をちっちっと振る。

「考えたまえ、研究生。心電図の波形が動くのは、電流の道が変わるからだ。血液検査で調べるのは、心筋細胞から溶け出した酵素の量だ」

いずれも心臓の細胞が生きているうちは、もちろん役立たずである。

「竜の心臓はしぶとい。心拍数もすこぶる少ない。通常では一短針《チェサ》に数回程度、休眠時は半日以上ないこともある！　筋肉内に酸素を大量に貯蔵できるのでな、せっせと拍動せずとも良いのだ。鯨を追って、深海に潜るための進化といえる。ゆえに、心筋の壊死《えし》にもさらに時間がかかり——」

はたとおれは察した。

つまり今回、ディドウスから心電図を取るのも、血液を採るのも。

「早すぎたってことですか？」

「そうだ！　我らが優秀すぎたのだ。普通はもっと手間取るものなのだよ、鎮静も採血も監視機《モニトール》の装着もな！」

治りつつある視界が、また真っ白に戻りかけた。

ちなみに、この血流が途絶えてから、実際に心筋が死ぬまでの合間。症状はあるのに、なんの異常も検出できない空白の時間を、〈超急性期〉と呼ぶという。

「なぁに、研究生。こういうことはままあるのだ。やる気と才気に恵まれた者こそ嵌《はま》る、選ばれし者の落とし穴というものが！」

ニーナ氏の高笑いを遮るように、ががっと無線機が鳴った。

『せんせーい』麗《うるわ》しの看護主任であった。『〈看護部〉の〈集中治療班〉から連絡ですー。〈簡易心電図〉の波形が変わり始めたそうですよ、ほんの少しですけどねー』

「おぉ、来たか！」

ぱんっと手を打つ音がした。

「ではそろそろ血中検査値も動くな。〈検査部門〉、どうだ」

『はい、〈検査部門〉です。〈心筋酵素値〉を〈持続測定〉しています。まだ基準値ですが、徐々に上昇しています。心筋の壊死傾向はみられるかと』

専門知識がなくても、これは簡単に想像がついた。氏はとっくの昔に、心臓が怪しいと見切っていたのだと。

思えば氏は挿管直後、他に先駆けて〈十二誘導心電図〉を希望していたし、血液検査も要請していた。この時、既に〈心筋梗塞〉の名が頭にあった証拠だ。

とすると、おれが無理に心臓を覗く必要はなかったのでは？　そんな疑惑がよぎるより早く、視界が真っ赤に染まった。氏が間近に迫ってきたのだ。

「ディドウスはつくづく幸運だ！」

おれの頭が、がっしりと摑まれた。髪が滅茶苦茶に掻き回される。

「本来は指を咥えているしかない〈超急性期〉に診断がついたのだ。大手柄だよ、少年。残るは治療のみ！

我が〈血管内科〉一同、そして〈重機班〉。用意はいいか！」

氏の手は無線機へと移り、おれはやっと解放された。せっかく見えるようになってきたのに、なんたる無念。今度は眩暈《めまい》で目が開けられない。

『はいっ、ニーナ先生！〈重機班〉一同、この日が来ると信じていましたっ』

呻《うめ》くおれとは裏腹に、やたら嬉しそうなターチカ班長である。

『さぁ、存分にお乗りください。

〈真〉カテタル号！　いつでも出動可能ですっ』

……なんだか懐かしい名を聞いた。

眩暈も手伝ってか、おれがまず思い出したのは、ひどい車酔いであった。激しい揺れに勇ましい車輪の回転、穴も掘れそうな勢いの砂埃。用途不明の最新機器を満載して、旧型の運搬車《ベスパリエ》にも劣る鈍足。

「今日という日を、後の人類は語り継ぐだろう！」

氏の唐突な予言が、崖をこだまする。

「〈竜ノ医療史〉上の革命！　竜の病魔を退ける神槍を、人は手にしたと！」

――あのポンコツが？

おれの一言は、無線越しに湧く喝采に阻まれた。拍手を背に負い、氏はふんぞり返る。

シシ面が主と一緒にかたかたと大笑いした。その姿に、おれは不信を募らせる。

この人たちはまさか、あのがらくたを使いたいだけなのでは、と。


〈カテタル号〉。

その姿は、打ち捨てられた銃弾の如《ごと》し。

機工士の情熱をぶち込んだ、流線形の軀体。鼻先はぐるりと硝子《ガラス》張りで、運転手の足が透けて見える。操縦席にずらりと並ぶ、無数のつまみと取手の類《たぐい》は、どう考えても運転に必要なさそう。

氏に意気揚々と引きずられて、崖の下へと降ろされたものの。〈真〉カテタル号のさらなる進化（あるいは迷走）を前にして、おれは問いを一つに絞るのもひと苦労だった。

「なんだ、この尻尾」

試作品にはあった車輪すら今回は見当たらない。代わりに、やたら長い導管がお尻からずるずると伸びていた。

訂正しよう。これは、機械の成り損ない《キメイラ》だ。

「なんだって何よ。見れば分かるでしょっ」

誇らしげに言い放ったのは、少女リリである。彼女は〈重機班開発部〉の研究生。大人たちに交ざって、このキメイラの整備に勤しんでいる。

「あれは通気管よ！」機械油にまみれた彼女の顔は、活き活きと輝いていた。「ポンプで、車の中に空気を送り込むの。潜水服と同じよ」

ちょっとお待ちを。

「どこに潜るんだ？」

少女はむしろ、きょとんとした。

「ディドウスの血管の中よ」

「このおんぼろで？」

ついに本音を漏らすと、少女は目を吊り上げた。

「おんぼろじゃないわ、世界最先端医療機器よ！　だいたいなんで知らないのよ。何度も乗ったじゃない！」

乗るたびに酔って、それどころではなかったのだ。しかし隣のレオを見上げると、彼は察していた様子。

「そもそも名前で分かるでしょ？」リリは鼻を鳴らした。「これは〈心臓カテタル治療〉の装置よ。血管に入って心臓を治しに行くのよ」

曰《いわ》く、〈心筋梗塞〉と戦うための、最新兵器とのこと。

〈心筋梗塞〉は長らく致死の病とされてきた。心臓は最も深い臓器だ。しかも常に動いている。手術はとても無理で、薬物治療による予防が精一杯だった。

「でもこれからは違うんだわ」

リリの頰は紅色である。

「詰まった血管を、身体の中から治しに行ってあげられるの。ディドウスで成功したら、世界中の竜たちにも使われる。もしかしたら未来には心臓だけじゃなくって、脳梗塞とか他の血栓症にも使われるかも。そうすれば、もっとたくさんの竜が救えるわ。今日は〈竜ノ医療史〉の転換期になるのよ！」

リリの口上に、ニーナ氏が呵々大笑《かかたいしょう》した。今宵は今年いち寒く、吐息は瞬時に白く凍るので、まるで赤い煙突がしゅっしゅっと蒸気を吐いているように見えた。

彼女たちの情熱に、おれはついていけない。

おれはディドウスを仰いだ。地上から眺める彼は生ける山そのもの。呼吸器に合わせ、胴がゆっくりと膨《ふく》らみ、また萎《しぼ》む。

この巨体の最奥まで、はるばる旅するという。血管という名の、赤い濁流に充たされた洞窟を。その赤すら見えぬ暗闇の中を、管一本を呼吸のよりどころとして。

なによりも。

「この、おんぼろで？」

もう一度、いや何度でも、言わずにはいられない。

「途中で壊れたらどうするんだ。すぐには脱出できないだろ。だいたい無事に治療できたところで、その後はどうなるんだよ」

おれの乏しい知識でも、これが如何《いか》に無謀な試みか分かった。

巨竜の全身に、血液を送り出す臓器。それが心臓だ。血の流れはすさまじく、かつ一方通行。心臓に至るには、まだしも流れの穏やかな静脈に潜るのだろうけれど——

「いや、潜るのは動脈だ」氏はあっさり言った。

「余計、危ないじゃないですか！」おれは叫んだ。

「仕方あるまい、詰まったのは〈冠状動脈〉。心臓から出る大動脈の付け根に位置する。

静脈から辿《たど》ったのでは行き着かん」

とすれば、なおさら無謀に聞こえる。〈カテタル号〉の鈍足ぶりを、おれは身をもって知っていた。

「先生も仰ったでしょう。こいつに自走は二の次、流れに乗るのが基本って。どうやって心臓まで遡《さかのぼ》る気ですか？」

「おお、よく覚えていたな！　だがなに、問題はない」

どうして氏が断言するほどに不安が募るのだろうか。

「実は〈カテタル号〉は、水流とは逆向きに流れてゆくのだ！」

「そんな馬鹿げた話がありますか？」

「それがあるのよ！」

リリが嬉々として参戦した。

「あのね、あのね、〈カテタル号〉の着想は、実は医療事故からなの」

「もしや」レオもまた目を輝かせる。「仔竜プルストの一件ですね。〈世界医療事故帳〉に載った、有名な事件ですよね」

二人によると、その竜の腕の動脈にカニューレという器具を挿入していたところ、不幸にも根もとが切断してしまったという。

「待てよ。そんな簡単に切れるモンなのか」

子供とはいえ、竜相手の器具なら、相当大きいはずだが。

「仕方ないでしょ、仔竜が齧っちゃったのよ」リリはあっけらかんと告げた。「それでね、そのカニューレが血管の中に入っちゃったの。しかも驚いたことに、それが血流を遡って心臓へと向かい出したのよ」

「そんなことがあるのか？」

あったのである。

当然のことながら、当時の現場は阿鼻叫喚の図となった。本来は動脈の下流から器具を取り出せたはずなのに、心臓に向かい出したのだからたまらない。心臓の壁に刺さったら心破裂で即死。心臓を越えて肺の血管に詰まっても、やっぱり結果は死である。

「で、その仔はどうなったんだ」

「そこは大丈夫、助かったわ」

「まだ子供で、手術できる大きさだったようです。元気に退院したと記録されています」

二人の言葉におれは胸を撫でおろした。子供の竜が医療事故で死ぬなんて、これ以上の悲劇もない。

「素晴らしいですね。事故を事故として終わらせず、さらなる進歩に結びつけるとは」

レオが嘆息して、〈カテタル号〉を見つめる。

「なるほど、ではこの独特の形は、カニューレの形を模したものでしたか」

「そうよ。この漏斗《ろうと》みたいな形が肝なの。すぼんだ先から入る液体よりも、後ろから入る液体の量が断然大きいでしょ。だから流れを遡って進むみたいなの」

なるほど、とレオは唸ったが、おれはまだ納得していなかった。

「帰りはどうするんだよ？」

「そこは頑張って引っ張るしかないわね」

「頑張ってどうにかなるのか？」

「大丈夫よ、そのための牽引機も作ってあるんだから！　酸素だって積んでるわ。機械が停止しても、しばらく息ができるってわけ」

停止の可能性ありきと聞こえる。

「それで止まったら、次は〈カテタル号〉がディドウスの血管を詰まらせるじゃないか。第一お前のいいようだと、この〈心臓カテタル治療〉は、今回が世界初なんだろ。そんな危ない実験に、先生を行かせる気かよ！」

「ほう。珍しいな、ヤポネの。竜より人の心配かね？」氏は赤い髪を振り立てて笑んだ。

「そこまで慕われていたとは、光栄だよ」

「違います」おれはきっぱり言った。「先生だと余計に危ないって意味です」

ここはなんとか思いとどまらせたい。〈血管内科〉には他の医師もいる。わざわざ科長自ら行かずとも、と告げようとした時だった。

「無駄ですよー」

おれの試みは、やんわりと阻まれた。看護主任である。

「先生はこのために〈血管内科〉を選ばれたようなものですからね」

「急変は血管絡みと、相場が決まっているからな！」氏は胸を張った。「〈竜ノ巣《ゲネズド・ドラコーナ》〉に来て、真っ先に始めた研究の一つだ。他の医師になど譲れるものか。たとえ銃を突きつけられても、私は行くぞ」

その時だった。

『ニーナ科長！』

無線が急に怒鳴った。小麦の香りの声。団長だ。

『団長命令です。今すぐ出立なさい！』

急にどうしたんだ。まごつくおれたち学生とは裏腹に、氏と主任は全て察したらしい。

氏が赤い髪を翻《ひるがえ》し、〈カテタル号〉に飛び乗る。主任は扉を開け、それを手伝った。

「約束ですよー、先生」

扉を閉める直前、看護主任が朗らかに言う。

「無茶はなしですよ。血管の中は、私も助けにはいけませんからねー」

「おう」

シシ面が任せろとでもいうように、大口を開けた。

「では行ってくる」

主任がしっかり戸を閉める。それを合図に、周囲の重機が一斉に蒸気を噴いた。

「〈カテタル号〉装填開始！」

ターチカ班長が号令を出す。

〈カテタル号〉が持ち上げられ始めた。目指す先は、巨竜の右前肢だ。腕の血管に大筒が刺さっている。車両が一つ丸ごと通れる太さ。あの中から、竜の体内へ入るのだ。

「何が起こったんですか、主任さん！」

主任は常の微笑《ほほえ》みもなく、氏の出発を見送っている。

「治療が始まってしまえば、おいそれと妨害できませんからね……」

ぽつりと零《こぼ》れた主任の言葉に、おれは耳を疑った。

妨害？　竜の治療を？

「いったい誰が？」

おれの問いは、けれども掻き消された。喧騒のためだ。振り返れば、崖の出入口から、物々しい集団が現れた。

権威を振り立てるような毛皮帽。国家の栄華を象るロマシカの花勲章。

「カランバス政府です」

まるで剣を引き抜くように。

看護主任がぴしりと打診棒を引き抜いて、憲兵たちを出迎えた。

竜種の生死は、人類の存亡を揺るがす一大事。

〈竜ノ病〉に国境はなく、〈竜ノ医師団〉も同じ。竜の降りた時点でその地は治外法権となる。竜の受ける治療はどこでも公平であるべき。政権や世情などの土地柄に左右されはしない。

少なくとも、建前上は。

「止まりなさい！」

照りつける太陽のような、厳しい声だった。

団長だ。崖の出入口に立ち塞がり、憲兵を阻む。概して大柄な〈太陽ノ民〉も、屈強な兵たちを前にすれば、可愛らしい少女のようだ。

駄目だ、あっさり押しのけられる。そうは思ったが、まさか予想もしなかった。

憲兵が団長を蹴りとばすとは。

「団長！」

おれは叫んだ。叫ばぬ団員はいなかった。憲兵のやり口は手荒く、妙齢の御婦人らしいふくよかな身体が、ころころっと赤土を転がる。

地に伏す団長をぞんざいに跨ぎ、憲兵たちは駆け出した。

「ニーナ閣下！」

憲兵の一人が怒鳴った。

「我らが〈赤〉の元首、お戻りを！」

慇懃《いんぎん》ながら、それは命令だった。憲兵たちが一斉に銃を抜く。銃口の狙う先を目で追い、おれはどっと冷や汗を掻いた。

〈カテタル号〉の運搬機。

それを操るターチカ班長を、やつらは狙っていた。

班長は逃げ出さない。操縦舵を握りしめ、重機の動きを凝視している。なんとしても、ディドウスの心臓に医師を届ける。その使命だけを見据えていた。

そんなターチカ班長のために。

「やめて！」

少女が一人、憲兵の前に飛び出した。

「リリ！」

おれは咄嗟《とっさ》に駆け出した。

班長を守る。先生を守る。ディドウスを守る。それ以外なんにも見えていない無鉄砲な少女の腕を、がむしゃらに摑む。引き倒すようにして、彼女を伏せさせた時だ。

銃口が一つ、こちらを向いた。

リリに覆い被さる。そんなおれに、さらに被さる者がいた。レオだった。

「どけ！」おれがレオに叫ぶ。

「動かないで！」レオが叫び返す。

「離れてよ、バカあ！」リリがおれたちに叫ぶ。

おれはヤポネの目を呼び起こした。レオの体軀の向こうに、冷たい銃が幾つも見える。

こちらを狙う一本。その引き金に、指が掛けられた、その刹那《せつな》。

かあん、と音色も軽やかに。

銃は高々と、宙を舞っていた。

「言ったでしょー、無茶はなしですよって」

耳もとをふんわりと、そよ風が忠告していく。

「生徒さんも、守ってくださいねー」

くるくると回転する銃を、呆然と見上げる憲兵。その首が突如、ごきりとひん曲がる。下から鋭く突かれたのだ。それはあまりに速かった。そいつが倒れ、さらにその横の男が無様にすっ転ぶまで、おれは何が何だかさっぱりだった。

ひゅっ、と打診棒がしなる。

看護主任がまたひとつ、銃を弾き飛ばした。

「せんせーい」

ひょう、と風が啼く。大の男が「ぐえっ」と鳴いた。太い咽喉を、細い棒がひと突きにしたのだ。咽喉骨が砕ける音を聞き流して、主任はのんびりと語りかける。

「早く行ってくださーい」

『悪いな』

ちっとも悪びれない返事だった。同時に、ターチカ班長が「発射準備完了っ！」と声を上げる。見れば〈カテタル号〉が頭を半分、巨大な円筒に突っ込んでいた。

『では、皆の者』

氏が無線越しに笑う。

『後は頼んだぞ』

ターチカ班長が発射レバーを倒した。

〈カテタル号〉の接合部が、ぽんっと小さく破裂する。たちまち氏の乗る流線形の車体が消えた。憲兵から「元首！」と声が上がった時、円筒の中にはするすると、排気と配線の導管が流れているだけだった。

「おのれ！」

無粋な金属音がした。銃が地面を跳ねている。憲兵の一人が投げつけたのだ。

持ち主はひときわ丈の高い毛皮帽を被っていた。仰々しい花勲章には、華美な蔦模様《アラベフカ》が添えられている。くるりと輪を描く髭は、役人の象徴だった。ましてや、その色が真紅とあれば、彼はこの隊いちの高官なのだろう。

彼が銃を投げ出したのは、ニーナ氏を逃がした腹立ちのためだけではなかった。見れば、全ての兵士たちが銃を失い、膝を折っている。

彼らを押さえ込むのは、打診棒の一団。

看護主任率いる〈ベッドメイカー〉であった。

「鎮圧完了しました」

部下の一人に報告され、主任がふんわりと笑む。

「ありがとー。みんな、怪我はありませんかー？」

「大丈夫ですよ。貪食粘菌《ファゴライムス》と違って、打てば効くので」

とんとん、と打診棒で小突かれ、兵士がびくりと身体を揺らした。強烈に殴打されたのだろう。頬の辺りに、蚯蚓《みみず》腫れができている。

おれは記憶を復習《さら》った。ディドウスのうろこの森に落ちた時、真っ先に助けに来てくださったのが看護主任だった。貪食粘菌をよくご存じで、幾度となくあしらってきたふうに仰っていたものだ。まるで歴戦の騎士のように、ごく自然に。

医師が滞りなく診療に当たれるよう、現場を整える。それがベッドメイカーの役割だ。ある時は竜の身体に道を引き、ある時は竜の魔物を打ち払う。

現場を荒らすのが人間でも、それは同じことなのだ。

安全になったらしいと察して、おれたち三人はおそるおそる立ち上がった。兵士たちは動かない。飛び道具を持たない相手にあっさり制圧され、高官は怒りに打ち震えている。真紅の髭を逆立てて、彼は看護主任を指差した。

「またしてもお前か、〈傾国の薄紅《ロザヴィ》〉！」

これに看護主任はにっこりとして、頬に手を当てた。

「あらー、エメリヤン。お久しぶりですー」

どうやら知り合いらしい。いったいなんの？　と問うより先に、おれは感激していた。

ロザヴィ。なんと美しい名！

名は体を表すとはこのことだ。主任はまさに、春の風に舞う林檎《りんご》の花びらのよう。だが〈傾国〉とはなんだ。

続くエメリヤンの罵《ののし》りに、その訳を知る。

「〈赤ノ元首〉の護衛官であったお前が！　あろうことか、元首を連れ去るとは！」

「仕方ないじゃないですかー」

主任の笑みは変わらない。

「だって、先生がいきなり仰ったんですものー。〈竜ノ巣〉に行きたいって」

もろもろを要約すると。

かつて本土に〈赤ノ元首〉がおわした時代。護衛官であったロザヴィは、元首とともに首都の邸宅から忽然と消え失せたという。

世にも名高い、『〈赤ノ元首〉誘拐事件』である。

「お前は〈赤〉の系譜を断ったのだ！」

エメリヤンはかんかんである。無理からぬとも少し思う。

「カランバスは〈赤ノ民〉の国だ。他の何色も真の民にあらず。ゆえにロザヴィ、お前は誰よりも〈赤〉に忠実であるべきだった。赤白半端の〈混ぜもの〉の分際で、〈赤ノ人〉のお傍に侍ったのだから！　それを……」

赤髭を逆立て、高官は咆《ほ》える。

対する主任は、笑みを崩さない。いつでも振るえるよう打診棒を軽く構え、柔和な目で男を見据える。主任の髪が極夜の風に流れた。陽のもとでは赤く照る髪が、今宵の月光のもとでは青金に映えている。またその肌は真珠色《しんじゅ》に冴え——

「〈真珠ノ民《ジェムチウーク》〉？」

おれは気づけば叫んでいた。即座にしまったと口を押さえる。

「そうですよ」

主任は笑んだ。おれの無礼を、肩の雪とばかりに振るい落として。

「私の母は〈真珠ノ民〉。父は〈赤ノ民〉です。

だから〈薄紅色《ロザヴィ》〉なんですよ」

麗しの唇が悪戯っぽく弧を描く。

刹那ふっと記憶が脳裏をかすめた。ロザヴィという名を、おれは聞いた覚えがあった。まことの竜の登り手。〈真珠ノ民〉たるオパロフと、〈赤ノ民〉の間の子。その登り方は、まるで風に舞う林檎の花びらだったと、〈死ノ医師〉タマルが語っていた。

「分家筋の！」

声を上げたのは、レオだった。

「僕が幼い頃のことです。分家筋の庶子にかつて、傑出した登り手がいたという話を聞きました。姉のタマルに〈登竜術〉を授けたのは、実はその人だったとか……」

彼女の力を恐れたか、その血を厭《いと》うたか。あるいは、ただただ愚かだったのか。オパロフは早々に、その人を放逐《ほうちく》してしまったという。

「むかしむかしのお話ですよー」

薄紅色の唇が、あでやかに笑んだ。

「〈赤ノ人〉の護衛官になる前のことです。タマルは引き留めてくれました。でも……」

ひゅんっ、と風を断ち切る音がした。打診棒が振られたのだ。

「動かない〈故竜山〉相手じゃあ、もの足りなくって」

あぁ、とおれは真実を察した。

オパロフは、彼女を追い出したのではない。引き止められなかったのだ。

これまで目にした主任の登竜姿を、おれは思い返した。今にしてみれば気づかなかった方が不思議だ。レオをも凌ぐ、身のこなしと綱捌《さば》き。あれはどう見ても、オパロフ家のものだったのに。

「僕も、おかしいとは思っていましたが――」

レオが呆然と呟《つぶや》く。いや、お前は気づけ。オパロフの息子よ。

「まったくたいした親御だな、ロザヴィよ」

赤髭が皮肉気に笑んだ。

「我が子に、〈混ぜものの色〉などと名付けるなぞ」

「あらー、私は気に入っていますよ」

主任の笑みが毒を帯びた。

「だいたい、貴男《あなた》もおんなじ〈混ぜもの〉じゃないですかー。相変わらず、お髭を染めてらっしゃるんですね、エメリヤン？」

これは手痛い一矢だった。赤髭ことエメリヤンの赤ら顔が、さらに真っ赤に染まった。あるいは化粧で赤くしているのかもしれない。

「だからこそ、我らは〈赤〉の忠実なる徒として生きるべきなのだ！」

怒り狂う彼もまた、元首の護衛官だった模様だ。

「竜の膝もとは治外法権――そんな馬鹿げた取り決めがなければ、この医師団ごと、お前たちを逮捕してやるものを！」

「やれるものなら、おやりなさい」

赤い残像の如き遠吠えは、凜然《りんぜん》と断ち切られた。団長が看護師の肩を借りて、憲兵へと歩み寄る。みぞおちを押さえていてもなお、毅然《きぜん》とした立ち姿だった。

「貴方《あなた》がたは銃器を持って、ディドウスのふもとに押し入り、医師団員たちを傷つけた。これは〈治療施行妨害〉に当たります。国際会議にかけられる大罪ですよ。何故こんな真似をしたのですか」

エメリヤンは赤い髭先をぴんと指ではじいて、団長を見下ろした。

「無論、この老竜の治療を止めるためだ」

ディドウスの崖が、医師団のどよめきに満ちる。

「国際会議？　甘んじて受けよう。ことが恙《つつが》なく終われば、どうなろうと構いはしない」

即ち、ディドウスが綺麗に死ねばと、彼は言う。

「竜を殺すって言うのか？」

おれは叫んだ。

ただの竜ではない。ディドウスだ。カランバス唯一の竜だ。国の興る前から、この赤い大地に寝そべり、人間たちの営みを見守ってきた。

カランバスの果てなき草原や、険しい山岳に積もる万年雪。春にせせらぐ雪解け水と、夏を告げる雷雨。全てはディドウスの恵みだ。雪泥に固まった土を、その大いなる爪先が天地を反すからこそ、この不毛の大地にも花が咲き、実がなる。

そりゃあディドウスはとびっきり、怠惰で気まぐれで文句垂れだけれども。

「お前たち〈赤ノ民〉にとっても、かけがえのない竜じゃないのか？」

赤髭の憲兵は振り向かない。ディドウスの巨軀を仰ぎ見るばかりだ。

「……ディドウスは今、死ぬべきなのだ」

崖に戦慄が走った。

ここにいる全員が、ディドウスを如何に救うか、そのために命を懸けてきた。なのに、なんということだろう！　竜を擁する国自体に、真っ向から否定されるとは。

「命、命。お前たち医師はそればかりだ」

荒れ狂う怒号を、窓の外の吹雪とばかりに眺めて、憲兵は呟く。

「この竜は数千年を生きた。これ以上、生かしてなんになる？　何事にも終わりは来る。避けがたき運命を前に恋々とするよりも、美しい終焉を目指すべきなのだ。

──〈ドーチェの悲劇〉を再び起こさぬためにも」

なんて言い草！

怒りで、身体がかっと熱くなった。ドーチェのように暴れられたら困る。そんな人間の保身を、臆面もなく口にする傲慢さよ。またそれのみならず。

「そう悲観するな」憲兵はなだめる。「竜がおらずとも、我が国は当面もつ。この巨体が死後にも富をもたらしてくれるだろう」

これはもはや、冒瀆だった。

「治るものは治す、それが道理だろう！」

しかもディドウスとドーチェは違う。彼女が罹《かか》ったのは不治の病。片やディドウスは今まさに治療の手が入ったところ。救えぬならいざ知らず、生きる道があるのだ。

ところがその道理すら、相手には通じない。

「治る治ると、お前たち医師は言う」赤い首がすくめられた。「だが、その『治る』とはいったい何を指すのだね。ディドウスは元通りになるのかね。それとも単に、病を退けることを指すのかね」

「違う！　ディドウスは――」

そこで、おれの声は潰えた。

必ず治す。氏はディドウスにそう告げた。老竜は喘《あえ》ぎながら、氏の言葉を受け入れた。けれどもいつ保証したろう。今宵の病を越えれば、今まで通りの彼が戻ると。

「……後遺症の出る可能性は、確かにあります」

隣を仰ぎ見れば、レオが白く凍った息を震わせていた。

「心臓の細胞は通常、ひとたび損なわれると、もとには戻りません。失われた細胞は再生することなく、単なる線維に置き換えられます」

心筋が死ねば、それまで。心臓の働きは復活しない。だからこそ素早く診断し、出来るだけ早く治療に入りたいのだ。一つでも多くの心筋が生きている間に。

「でも、飛べるんだろう？」おれは尋ねる。「歩けるんだろう？　喰うぐらい、なんでもないんだろう？　病み上がりの時は無理でも、ゆっくり練習すれば――」

「……分かりません」

レオは誠実に、事実を述べる。

「ディドウスの巨体を維持するべく、彼の心臓には常より相当な負荷がかかっています。今回の治療で生き永らえても、どこまで機能が残るか未知数です。また病床が長引くほど筋肉が衰える。〈復帰訓練《リアヴィリターツエ》〉も、この大きさでは限度があります。治った時には、立つこともままならない。その可能性は充分……あります」

〈廃用症候群《インヴァリーエダム》〉。

死に打ち勝ち、病に負ける。生と死の狭間の哀しい帰結を、医療はこう呼ぶ。

インヴァリーに陥った竜の末路は悲惨だ。喘ぎながら寝返りするだけの日々。それでも間に合わず、褥瘡《じょくそう》が進み、四肢が腐り、毒素が全身に回り、昏睡《こんすい》して死んでいく。

「ディドウスは承知しているのかね?」

エメリヤンの問いかけが、おれの希望をえぐった。

「あるいはもう飛べぬと知って、治療に臨《のぞ》んでいるのかね。苦しみながら死ぬと分かっているのかね。それぐらいなら眠ったまま逝かせて欲しかったと、言うのではないかね」

——そうかもしれない。

何故ならおれたちは今宵、ディドウスとまともに、言葉を交わせていないのだ。麻酔を打たれる前の、彼の表情。あれは本当に、助けて欲しいと願っていたのか。もう終わらせてくれと訴えていたのではあるまいか。

「お前はヤポネ人だな」エメリヤンが首を捻《ね》じり、おれを見つめた。「お前たちはかつて、竜の上に生きていた。ゆえにお前たちは本能で、竜の死を厭うのだ」

憲兵の目は赤い。これだけは、彼の本当の赤だ。

「娘竜だけでは飽き足らず、父竜にも同じ罪を重ねるか、〈妄言者《ルオーシュ》〉の末裔《まつえい》め!」

「違う!」

血の色の目を撥《は》ね退け、おれは叫んだ。

「おれはディドウスに、もう一度目を覚まして欲しいだけだ!」

生きたいか、死にたいか。訊きたいのだ。彼自身に。

ドーチェは間に合わなかった。だから今度こそ、決めさせてやりたい。

「そのために、おれはディドウスを治したい！」

返ってきたのは、静寂だった。おれは不覚にも心細くなった。これもまた傲慢だろうか。

真っ暗闇の中に独り、取り残されたような心地だ。

汗だくのおれの手を、ぎゅうっと握りしめる指があった。

「間違ってないわ、リョウ」少女リリである。「私ももう一度、ディドウスに会いたい」

震えるおれの肩に、また別の手が添えられた。力強くも、気品溢れる指の流れ。

「えぇ」レオであった。「貴男は正しい」

柳が重い雪を落とすように、レオは憲兵へと向き直った。

「〈死ノ医師団〉も、彼の言葉を支持するでしょう」

エメリヤンの赤い目が揺れた。戦慄《おのの》いたように、あるいは憤怒するように。

「〈死ノ医師団〉の意志を代弁するか、オパロフの家出小僧」

レオは優美にお辞儀してみせた。

「僕のことをご存じでしたか。話が早くて助かります。では確認のためにも、もう一つ。

我が生家オパロフは先日の告白をもって、〈竜王〉ディドウスより赦されました。今後は〈竜王〉の〈死ノ主治医〉として尽くすよう、〈死ノ本部〉より任命されています」

かくも爽《さわ》やかなはったりがあろうか。

任命はまだ受けていないはずだ。なにしろレオの姉タマルが〈本部〉に到着したのが、つい昨日のこと。交渉はこれからのはず。エメリヤンもおかしいと思ったのだろう。

「そんな話は聞いていない」

これにレオが笑んだ。

「まだお耳に届いてないようですね」

疑うことは罪と言わんばかりの、穢れなさであった。

ここまで堂々とされると、嘘と判じるのも勇気がいるものだ。さしもの高官も答えあぐねており、その隙をレオは優雅に攫《さら》っていった。

「エメリヤンどの。貴殿の言い分にも理はあります。確かに今宵、我々はディドウスから明確な同意を得ていません。そのいとまがなかったのです」

「つまり勝手に治療していると？」

エメリヤンが赤い髭を揺らして嗤《わら》った。

「それこそ命の侵害であろう。これが私なら、麻酔から覚めてすぐさま、こんなはずではなかったと嘆くがね」

「ええ。これが貴殿なら、そうなのでしょうね」

レオはふわりと笑んだ。

「エメリヤンどの。貴殿がた〈赤ノ民〉の心も、僕はよく分かります。僕たちオパロフの人間は、ドーチェの死以来、カランバスに生きてきました。僕も首都ドーチェに生まれ、彼女の遺骸を日々仰いで育ったのですから」

彼の言葉に、おれは首都の光景を思い起こした。北の果てに凍る町。捻じれた竜の骸が家々を取り囲む。そそり立つ肋骨《エレブロ》の美しい曲線が、あの死は彼女にふさわしかったかと、無言で人々に語りかける。そんな墓守の町。

「せめてディドウスには、安らかな死を」

レオが囁《ささや》いた。

「それがカランバスの民の願いです。けれども僕には、先ほどのリョウの『今度こそ』という想いと、等しく聞こえます。生きて欲しい。死なせてやりたい。それらは対極にあるのではありません。同じ場所で、背中合わせにいるだけなのです」

だからこそ、律するのだ。

これは自分が決めることではないと。

「『仮に、これが私ならば』——そう仰った刹那、貴殿は越えているのです。決して跨いではならぬ境界線。自と他という、命の国境を」

優雅な手が、宙に線を描いてみせる。

自分にとっての苦しみは、他者にとっても苦しみである——そんな保証はどこにあろう。同じ想いを語っても、哀しいほどすれ違うのが人間だ。ましてや竜と人である。通じ合うなんて、勘違いも甚だしい。

ディドウスがどう考えるかなんて、普段からちっとも分かりゃしないのだ。

「カランバス憲兵どの。〈死ノ医師団〉はきっと、こう答えるでしょう。もしもカランバスが竜のために、〈安楽なる死〉を欲するのなら。カランバスはまず、竜を哀れむことを止めるべきだと。何が哀れか幸せかは、竜自身が決めること。生きるも死ぬも、竜の心ひとつで決まり、また決められるべきです」

——幸せの見本なぞ、この世にはないのだから。

レオは甘やかに締めくくると、優美に一礼した。胸のすくような静寂が、彼を賛美する。

おれもまた誇らしさでいっぱいだった。どうだ、これがうちの未来の〈主治医〉だぞ！

自分はどうなんだって？　おれは無益な張り合いはしないのだ。

そこにがっと、無粋な音が鳴った。

『話はついたかね、え？』

ニーナ氏だ。無線で全て聞いていたようだ。

『なかなか面白かったぞ。さすがは我が研究生だ。治療のために我が身を挺して、時間を稼ぐとはな！』

お褒めに与ったが、すみません。正直なところ途中から、氏のことはすっかり忘れていました。もっとも真面目に取る必要もないようだ。

『心配するな、少年たちよ。私が血管に侵入した時点で、その者たちには手も足も出ないのだ。〈赤〉などを信奉しているばっかりにな！』

がははと氏は笑う。シシの仮面が揺れているのが判る。エメリヤンの赤く染めた眉が、弱ったように垂れて、おれは少しばかり気の毒になった。

『そしてリョウ・リュウ・ジよ。誇るがいい！』氏の誉め言葉は何故かありがたくない。

『お前の目は正確だ。見えてきたぞ——これはまた、でっかい血栓だ！』

どよめきが崖を満たした。

地上のおれたちが竜の命について争っている間に、氏は着々と大動脈を遡り、心臓まで辿り着いていたのだ。

「おめでとうございます、先生！」

ターチカ班長が無線機に飛びついた。

「血管内走行による、〈竜ノ心臓〉への到達。人類初の快挙です！」

〈重機班〉の一同が雄叫びを上げた。あちらでむせび泣く技士集団は〈開発部〉だろうか。少女リリはきゃあきゃあと甲高く叫びながら、しきりに飛び跳ねている。おれの手を握りっぱなしなので、一緒に跳ねまわる羽目になった。

この熱気に憲兵たちが気圧されている様子だ。ええ、この人たちは我が〈竜ノ医師団〉きっての変人たちです。お見知りおきを。

『さぁいよいよ治療と行こうか』変人きっての変人が宣言した。『諸君。この先は仲良くしたまえよ。準備はいいかね、〈放科〉！』

まるで送信機を放り出したように、無線がぷっつりと切れた。

『〈放科〉です』

ががっとかすれる音が再び鳴って、放送は淡々と引き継がれた。

『〈心臓撮影機〉、起動待機中です。〈造影剤〉の投与の御指示をどうぞ』

おれとレオは顔を見合わせた。〈放科〉が心臓を撮影するという。彼らが駆使する透視の技術といえば、もちろん、

〈放射線《ラジアーツェ》〉である。

けたたましい警報が、崖の中を引っ掻き回した。

『〈放科〉より通達』

聞き覚えのある警告が、無線に届く。

『これより〈心臓断層画像検査《カルジオ・トーモグロフ》〉を実施します。団員はただちに、所定の区域に避難してください。

繰り返します。速やかに――』

いきなり？

などと文句を言うのはお門違い。〈放科〉の医師たちは常に冷静なのだ。たとえ憲兵が乱入しようと、団員が撃たれかけようと、看護主任が華麗に暴れ回ろうと。粛々《しゆくしゆく》と治療の進みを予想して、〈放射線発生装置〉と〈造影剤〉を準備した。

避難する側が遅いだけである。

「逃げろ！」おれは走り出した。

興奮冷めやらぬリリを、レオと一緒に引きずる。呆然と立ち尽くすエメリヤンが、主任の打診棒に小突かれた。部下の兵たちもまごつきながら立ち上がっている。

かくして崖の下の騒動は終わった。おれたちは敵も味方もなく、仲良くわぁわぁと泡を喰って、恐ろしくも有益な粒子の津波から逃れたのだった。

「治療に放射線を使うなど、聞いていないぞ！」

もよりの避難所に駆け込んで、きっちり扉を閉め切ってから。

エメリヤンが、我に返ったように喚《わめ》き始めた。

「元首が。あのお方が死んでしまうではないか！」

彼の摑みかかった先は、看護主任であった。無謀な試みは、無惨な形で終わるものだ。くるりと返した腕の動き一つで、彼は見事に吹っ飛ばされた。

「死ぬような真似を、私が許可すると思いますー？」

主任がにっこり笑んで、もと同僚の傍らに立つ。さながら、鷹に踏みしだかれる赤栗鼠《りす》の図だった。いっそ哀れを誘うが、赤栗鼠にも意地があった。

「貴様はいつも、元首の無茶をお止めできんではないか。この〈カテタル治療〉自体が、大概危険だ！」

「んー、その辺りは否定しません」

主任は打診棒をひゅっと振る。ほんの手遊びだろうが、黙らせるには充分だった。

「大丈夫ですよー？〈カテタル号〉は全面、防護材で出来ていますから」

つまりは想定内、というより、カテタル治療は〈放射線透視〉ありきの施術だという。

「心臓だけ映すなら、線量も少なく済むのかな？」

おれは呑気に問うた。

「いいえ」
レオは事実を述べる時、周りの状況に忖度《そんたく》しない。

「先ほどの全身撮影は静止画像でしたが、今回は血の流れを見るもの。動きを捉えるため大量の線量を流し続けます」

聞きとがめたエメリヤンが、ぎゃあぎゃあと騒ぎ出した。ただちに黙ったのは、主任が速やかに実力行使に出たからだ。他の憲兵たちも、捕虜の如く大人しい。

彼らの銃は全て没収された。団長が「避難室で銃が暴発すると、壁に穴が開き、大量の放射線が流れ込みます」と説明したのだ。ちなみに避難室の壁はどんな防空壕より厚く、万が一にも穴は開かないが、賢い嘘は時に真実に勝る。

はは あ、とおれは察した。ディドウスの〈真の主治医〉はニーナ氏だが、あくまで内々のもの。マシャワ団長がこうやって言葉巧みに、医師団の〈表向き〉を担っているのだ。彼女がいなければ、憲兵はもっと早く到着し、治療は始まらなかったろう。

面倒ごとを人に丸投げして、氏はつらつと病に挑む。

『現在〈左前下行枝〉の手前だ。入口部が八割がた詰まって見えるぞ。どうだ〈放科〉』

『はい。〈造影剤〉投与。心臓到達時を見計らって、透影を開始します。十《ダシチ》、九《ゼシチ》、八《ヴオシミ》……、照射開始』

爆弾が投下されたかのような警戒音が響き渡った。まったく心臓に悪い。もっと平和な音にして欲しい。

『透視画像、確認しました。こちらからも八割程度、閉塞して見えます』

『他に詰まった箇所はあるかね？』

『いいえ。〈右冠動脈〉〈左前下行枝〉〈左回旋枝〉のうち、顕著な狭窄《きようさく》部は当該箇所だけのようです』

『おぉ、なんたる幸運！』

嬉々とした氏の言いように、もろ手を挙げて賛同する者たちがいた。〈開発部〉である。

「今の聞いた？　ねえ、聞いた？」

リリがぴょんぴょん跳ねて、おれを揺さぶる。

「〈風船《シャーリク》〉が使えるわっ！」

おれの頭に浮かんだのは、お祭りの屋台に浮く、色とりどりの鞠《まり》だった。

「その風船じゃないわよっ」リリはもどかしそうだ。「〈血管拡張器〉よ。詰まった血管の中で膨らませて、血栓を潰すの。ほらっ、こんなふうに！」

リリが腰もとの鞄から、さっと何かを取り出した。おれは「ぎえっ」と叫んだ。

竜の心臓！

――の模型である。

拳《こぶし》ほどの大きさで、きちんと血管もついている。なんと片面は硝子造りで、中身が観察できる仕組み。

「……お前、いつもこんなの持ち歩いてんのか」

「そうよ。手作りなの。全部の臓器があるわ。本物通りに並べたら、ディドウスの人形にちゃんと納まるのよ。あんたにも作ってあげる。あ、万分の一骨格模型の方がいい？」

おれはもろもろを受け入れて、リリに話の先を促した。

「そうそう。で、これが〈風船〉の模型なの！」

少女は器具を取り出した。おれはもう驚かなかった。

針金の先に、確かに風船がついている。これを心臓の血管に挿入して、詰まった箇所で膨らませることで、血栓を潰すという算段らしい。

『〈風船〉装塡完了！』

無線の向こうで、氏が高らかに笑う。新しい銃をぶっ放したくて、うずうずしている。

そんな危険人物そのものだった。

『発射！』

どうっ、という激しい水音。ディドウスの血液が揺さぶられた音のようだ。

『〈放科〉、到達点を確認せよ！』

『確認しました。拡張器の先端は、血管閉塞部を越えてみえます』

歓声がとどろいた。

「さすが、ニーナ先生っ！」ターチカ班長が拳を突き上げる。「〈試作機《プレトジーポ》〉でも、万発万中でしたからねっ！」

『当然だ！』

称賛を決して聞き漏らさぬ氏である。

『〈カテタル号〉に搭載できるのは一発分のみ。外すわけにはいかんからな！』

師が常日頃から大砲をぶっ放していた事実を、どう飲み下すべきか戸惑うおれである。

『では、いよいよ病魔退治と行こうか。

〈送気路〉連結《ソヤーゼ》！』

避難室いっぱいに、「ソヤーゼ！」と合いの手が上がった。

『展開《ラジーツェ》！』

「ラジーツェ！」

勇ましい合唱とともに、始まったのは。

ぷしゅうー……という、間の抜けた空気の音だった。

御安心を。決して失敗ではない様子。何故なら〈重機班〉も〈開発部〉も少女リリも、目をキラキラさせて、この音に聞き入っている。

風船を勢いよく膨らませるのは御法度らしい。破裂しては元も子もない。それどころか空気が血液に漏れたら、それ自体が血管を詰まらせる。

そんなわけで、ゆっくりじっくり、〈風船〉は膨らみゆく。

拡張器を発射した時も、実はさほどの勢いはなかったらしい。血管を突き破って心臓に刺さったら、おしまいだからだ。危ない言動に幻惑されるが、彼らの仕事ぶりはたいへん丁寧《ていねい》であった。

『おめでとうございます』

ニーナ氏が〈風船〉の排気を完了した時、〈放科〉の医師が無機質に祝った。

『造影剤検査の結果、ディドウスの血流の復活を確認しま――』

放送はそこで途切れた。まったくの無音。いや、防音機能が作動するほどの大歓声が、崖中を揺るがしていた。何を隠そう、おれもレオも、叫んだ者の一人だ。

見ればエメリヤンたち憲兵も、両手を突き上げて叫んでいた。音が聞こえないので何を喋ったかは不明だ。〈赤ノ人〉が無事に帰れそうだと安堵したのか、それとも彼らなりに、ディドウスの回復を喜んでいるのか。

なんにせよ、めでたい瞬間である。

『ステント留置、完了！』

歓声は届いたのか否か。ニーナ氏はいつも自慢気なので分からない。大言通りに着々と治療を進めるところは、名医と言えるかもしれない。

『閉塞部の保護に成功。これにて〈カテタル治療〉は終了だ』

「お疲れさまですっ、ニーナ先生！」ターチカ班長が無線に飛びついた。「あとは車両の回収ですね。手術器具を収納して、そのままお待ちください。〈重機班〉が体外から牽引しますからっ」

『〈放科〉です。お疲れさまでした。照射を終了いたします。避難区域を出ていただいて結構です』

「ありがとうございますっ。〈重機班〉、出動します！」

照射開始時より柔らかい音が響いた。みんなが揃って安堵の表情を浮かべる。憲兵らも笑みを交わしながら、団員の列について扉をくぐった。彼らは生来、従順で規律正しい。銃さえなければ付き合いやすいので、団長はもちろん凶器を返さない。

「元首は、あの方は大丈夫なのだな、ロザヴィ？」

きびきびと歩く主任の後を、エメリヤンがあたふたと追う。

「もう山場は越えたのだな？」

「私に訊かれましても——」

主任はあからさまに鬱陶《うっとう》しそうである。看護師は忙しいのだ。

「まぁ、あとは血管を戻るだけですからねー。万が一に備えて、準備はしますけど」

「万が一とはなんだね？」

エメリヤンの懸念は、しかし現実のものとなった。

地鳴りが響き出したのだ。

何が起こるのか。認識するより早く、おれたちは駆け出した。理解してからでは遅いと身体が知っていた。何故ならおれたちは、この音を日々聞きながら働いている。

巨竜の、うろこのこすれる音である。

『ディドウスが動き出した！』

悲鳴のような放送が教えてくれた。

『右の前肢！　薙《な》ぐような動き！』

重い風が宙を駆け抜ける。照明に照らされた崖に、真っ黒な影が落ちた。ディドウスの腕である。五本の爪が崖に突き刺さり、岩肌を裂いていく。

『麻酔が浅かったか！』

『脳波は？〈半覚醒〉の予兆はあったのか？』

『とにかく追加しろ、追加！』

〈麻酔科〉のものと思しき会話が混信した。地上も大荒れで、どこの科とも知れぬ怒号が飛び交う。中でもひときわ甲高い悲鳴が、全ての喧騒を掻き消した。

「〈牽引機〉があっ！」

ターチカ班長だ。

巨竜の腕を追うように、小振りの影が横切っていった。それは時計の振り子、あるいは蜘蛛《くも》の糸に搦《から》められた虫の繭《まゆ》のようだった。

〈カテタル号〉の牽引機が、高々と宙を舞う。

「ディドウス、止まれ！」

叫んだのは、おれのみにあらず。空を見上げる者全てが、彼の名を叫んでいた。けれど眠れる竜に、祈りが届くはずもなく。

巨大な腕の躍動するまま、牽引機は空を翔けて、崖肌に激突した。砕け散る車体。降りそそぐ機材の雨。それだけでも全身の血の気が引いたのに、あろうことか。

〈カテタル号〉の牽引綱が、ぶつりと切れて。

そのまますると、血管から抜け落ちたのだった。

巨竜の暴れる腕のもと、おれたちは瓦礫《がれき》の残骸をすり抜けて、崖下に滑り込んだ。

本来はもっと奥に逃げるべきだ。それでもみんな坑道の入り口近くに留まった。巨竜の四肢の暴れるさまを見つめ、無力さに歯を食いしばりながら。

「元首！　我らが元首！」

半狂乱で騒ぎ出したエメリヤンを、華麗な一打で沈めて、主任が無線機を取った。

「せんせーい。御無事ですかー?」

いつも通りの、ゆったりとした口調。しかしその表情は稀に見るほど険しい。

「せんせーい。お返事を」

誰もが息を詰め、応答を待った。無線はいったん切らないと受信できない。矢継ぎ早に氏の名を叫びたいところだが、ここはじっと我慢だ。

長く感じる数拍ののち、ががっと受信の先触れが鳴った。

『おーう』

氏である。こちらもあえての呑気な口調。

『なんともないぞ、私はな。そちらはどうだね?』

「若干の負傷者が出ましたが、なんとか。今、ディドウスに麻酔を追加しています」

『ふむ。〈半覚醒〉かね？』

麻酔が浅くなり、朦朧《もうろう》としている状態を、このように呼ぶらしい。

『麻酔は難しいのだよ、我が研究生』氏は何故か、おれが傍で聞いていると察している。

『同じ量を入れ続けても、眠りが浅くなったり、逆に深くなりすぎたりする。高齢の竜は特に読めん。本来なら筋弛緩薬を持続投与して体動を防ぐが、それでは呼吸までも完全に停止してしまうのでな』

もちろん、人工呼吸器はついている。麻酔自体が呼吸を抑制するためだ。けれども機械だけでディドウスの巨大な肺を代替するのは難しい。竜自身の息をする力が多少なりとも必要なのだという。

『つまり、この事故は止むを得んものなのだよ』

まどろっこしい大人の会話に、少女リリは我慢できなかったようだ。無線機を持つ母に飛びついて、叫んだ。

「先生！　実は――実は先生を戻すはずの、牽引機が」

『外れたのだろう？』見ずとも分かるという口調だった。『明白だよ。何故なら』

――〈カテタル号〉が流されているからな。

あっけらかんと氏は言った。おれたちは皆、凍りついた。

『一度ぐっと引かれてな。もうすぐ出口というところまで一気に下り、そこで綱が外れたようだ。以後、血流のままに、じりじり流されている』

「それって」リリが声を震わせる。「牽引綱だけじゃあ、なくって」

口にするのも恐ろしい。そんな声だった。

『そうだな』氏は淡々と告ぐ。『通気管も外れた。緊急用酸素ボンベが作動中だ』

ターチカ班長が駆け出した。崖の施設から飛び出そうとして、団員たちに止められる。

彼女の鼻先から、ほんの数歩辺り先を、ディドウスの巨大な爪先がかすめていった。

「放してくださいっ!」

機工士の班長は叫ぶ。

「通気管だけでも、繋ぎ直さないと。〈カテタル号〉がまだ近くにいるうちにっ! このまま流されていけば、先生は」

動脈を遡り、心臓に到達する。

『うむ、それは避けたい。心壁に突き刺されば、爺さんは心破裂で即死だ。心臓を救いに来て、逆に殺したとあっては、名医の名折れよ』

「そういう問題ですか?」

おれは無線機に向かって怒鳴った。

「どこかに、なんかを引っかけて、停まれませんか?」

『適当に言っているだろう、え?』

氏はいつでも、おれの浅知恵を見透かす。

『だが発想は悪くない。治療器具の扱いとしては、主旨に反しているが』

氏曰く、車体がいきなり高速で引かれ出して、氏は異変を察知した。無線機に混信した会話などから、ディドウスの状態を推測して、瞬時に苦肉の策に出たらしい。

即ち、〈風船《シャーリク》〉を再発射したのだ。

『それと車体を斜めに傾けて、血管壁に引っかかっている状態だ』

歓声が上がる。さすが、ニーナ先生! と声が飛んだ。一発勝負の判断力については、絶大なる信頼を寄せられる氏である。

「あれっ」おれは問うた。「でも風船は一発分しかないはずでは?」

『火力が一発分なのだよ。余剰分で行ったから、今は半端にしか出ておらん。〈風船〉を膨らませる気体もないのでな。たまたま引っかかっているだけで、血管を完全には塞げておらん。ゆえに――』

心臓が拍動するたび、血管が脈打つたびに、じわじわと車体は流されているという。

『初めの位置から既にずれている。距離はよく分からんが。もっと深いところまで行けば血管の径が大きくなるのでな。いずれ外れるだろう』

浮上しかけた希望が、瞬《また》く間に焦燥の渦に引き込まれた。氏を救い出し、ディドウスを守るには、もう時間がない。まだ時間が残っているとすればだが。

では、どうすれば？

まず通気管だけでも繋げたら。ターチカ班長の訴えに、〈重機班〉の面々が立ち上がる。

自分が血管に潜ろうと、皆が口々に申し出た。

「いいえ、私が行きますっ。みんなは潜水服と工具の準備を！」

班長が決然と指示を飛ばす。

「〈放科〉の先生、聞こえますか。造影をお願いしますっ！　挿入口からの距離だけでも、知りたいんですっ！　そうすれば――」

勇敢なる案は、しかし即座に否定された。

『申し訳ありません。ですが出来ません』〈放科〉はいつものように、冷静に事実を告ぐ。

『体動のあるうちは撮像がぶれます。それに通常でも最大、数十馬身《サジェ》の誤差が生じます。ある程度の範囲であれば絞れますが、正確な距離は測定不能です』

そんな、とターチカ班長が呟く。

『そもそも無理な試みだ、ターチカ。何故、〈カテタル号〉を開発したのかね？』

氏が笑う。この人はどんな時でも笑う。

『竜の血流は速い。しかも動脈だ。それを遡るには、相当な力で押さねばならん。生身の人間では圧死しかねん』

「どうでも良いです、そんなのっ！」

ターチカ班長が、無線機にかじりつく。

「心配しないで、先生。私、〈カテタル号〉のことは誰よりも知っています。毎日、整備してましたからねっ。こんな時のために、水中緊急整備の訓練だって――」

『却下だ』

こんな時だけ、優しい声で言わないで欲しい。

『ターチカ。お前は〈重機班〉の班長だろう、え？〈カテタル号〉だけが機械ではない。お前でなければ、動かん機械が山とある』

「だって！」

ターチカ班長はくずおれた。無線機を胸に抱いたままだった。

「それじゃあ、先生が。ディドウスだって、このままじゃ――」

『無論、あがくぞ』

氏はあっけらかんと言い放つ。

『とにかく心臓まで飛ばされるのだけは避けねば。爺さんにとって致命傷となりかねん。このまま腕に留まれるよう、努力しよう』

酸素が切れて、操作できなくなった後。ディドウスの体動が収まり、〈カテタル号〉を取り出せるようになるまで。このまま踏み留まると、氏は約束する。

『そうこうするうちに麻酔が効くだろう。その後は頼むぞ。ゼヤンダ、イゴリ』

名指しで託されたのは、〈竜皮膚科長〉と〈竜整形外科長〉の夫妻だった。

どうして彼らが? 血管とはおおよそ関係ない科なのに。おれの無知な疑問をよそに、二人から通信が入った。

『ゼヤンダです』いつもは冷たく整った声が、今日は震えている。『お任せを。傷跡なく、切開してみせます』

『イゴリだ』彼の声はいつも以上に熱を帯びて聞こえた。『御安心を。科の総力を挙げて、筋という筋を分け入ってみせよう』

血管の中から届かぬならば。外から至ってみせると二人は言う。何故なら彼らはメスを操る医師。即ち〈外科医〉である。

「――待ってください」

おれは声を上げた。医師の卵にも至らぬ我が身を、すっかり失念していた。

「手術《オペラーツェ》で、取り出せるんですか？」

『それが、彼らの専門なのだよ、少年』

心なしか、氏の息が荒い気がした。

『やろうと思えば、彼らは竜の腕一本、丸ごと切り落とせるのだよ。断面を皮膚で綺麗《きれい》に塞いでな。さすがに血管一つ詰まった程度で、そんな乱暴はせんが』

「じゃあ今すぐ、先生を取り出せばいいじゃないですか！」

『忘れたのかね。車体の位置が正確に分からんのだ。その分、長い距離を切ることになる。まずは麻酔を効かせ、造影剤投与で可能な限り範囲を絞ってから──』

「位置さえ分かればいいんですね？」

おれは無線に向かって怒鳴った。早く言ってくれとばかりに。

「なら、おれが見ます！」

驚いたような一拍があった。

『出来るのかね？』

然《さ》して期待せぬふうの氏である。おれが無理だと言えるように。

『血管だぞ。それも細い末梢の。心臓とはまた違う。浅いが、距離が長い。しかも内部をつぶさに見ねばならん』

「見ます！」

おれは断言した。見える、見えないの問題ではない。

見るのだ。

血管内の、車体を捉える。酸素が枯渇する前に、位置を特定する。老竜が鎮まるまでの、本来何もできないはずの時間に、氏はここだと示すのだ。

助けるための時間を、みんなに渡すために。

「レオ！」

おれが呼びかければ、彼は弾かれたように背を伸ばした。

「ディドウスの腕の上に、おれを連れていってくれ。お前なら出来るだろう？

先生がいる血管の上を辿るんだ！」

うろこの軋《きし》みが鳴った。巨大な腕が大気を分断していく。朦朧とした意識での、意味のない動きだ。あの上を走れと、おれは乞う。

無茶な望みだった。相手がレオでなければ。

「出来ます」

やっと自分も、力になれる。そんな安堵の声だった。

「一歩も違わず、辿ってみせます」

「本当に？」

ターチカ班長が腰を浮かせた。常闇に光を見て、にわかに信じきれない顔だった。

「でも、でもっ。血管ですよ。腕をまっすぐ走ってはいません。途中で湾曲したり、別の血管と合流したり。ヤポネのリョウくんには見えるんでしょうけど、君には」

「大丈夫です」

レオは自らのこめかみに、とん、と指を当てた。

「ディドウスの血管の走行なら、記憶しています」

――なんだって？

四方八方から声が上がる。対しておれとリリは「やっぱり」と手を高々と打ち合った。だってこいつのことだ、ディドウスのカルテは全て捲《めく》ったに違いなく。

一度でも目にしていれば、彼は記憶しているのだ。

「ええ、ディドウスのカルテには、過去の照射画像が綴じ込まれていました。腕の血管の画像もありました。おそらく〈カテタル号〉の開発時のものと思われます」

役立つ日が来るとはと、彼は晴れやかに笑んだ。

団員たちがこぞって顎を落としている。称賛というより、どことなく狂人を見る目つきだった。目的があったならいざしらず、何気なく目に触れた画像を丸々記憶するなんてと。

「ですから、リョウ。貴男を連れて、血管を辿る。それについてはお任せを」

奇異の視線を華麗に流して、レオはおれの手を取った。

「ただし一つだけ、確認したいことが」

無線機を手に取る仕草は、さながら楽団に音楽を所望するようだった。

「〈麻酔科〉の先生がた、若輩者からのぶしつけなお願いがございます。我々の探索の間、〈筋弛緩薬〉の短期投与は可能でしょうか」

ディドウスの腕がまたひとつ薙ぐ。レオは眼光鋭く、巨大な影を仰いだ。

「問題はこの体動です。四肢が接触しかけるたび、回避行動を取らざるを得ません。中断ばかりで、時間がかかります」

腕の上を走る間だけでも、体動を止めたい。そうして素早く位置を特定し、手術の時を稼ぐ。もっともな案だったが、応答まで若干の間があった。

『〈麻酔科長〉です』

顔の見えぬ相手は、若いレオにも真摯《しんし》に答える。

『このたびは、我々の不手際のために事故を招き、申し訳なく思っています。そんな中で申し上げるのは心苦しいが、〈筋弛緩薬〉の使用は許可しかねます。

この後に控える、手術のために使いますので――』

「……失念していました」レオが唇を噛む。

手術は必ず行われる。たとえ氏には間に合わずとも、〈カテタル号〉を摘出し、老竜を救うのだ。筋弛緩薬はその時に使われる。術中の体動を封じるためである。呼吸も止める劇薬だから、重複投与はできない。

レオが目を伏せた。おれの期待が急速に萎む。所詮《しょせん》、無謀な話だったか。

だがそんなおれたちに、ふんわりと歩み寄る人がいた。

「薬なしでも大丈夫ですよー」

看護主任である。

「回避行動を取った後、すぐもとの場所に戻ればいい。そうすれば時間は消費しません」

レオが戸惑うように瞬《まばた》くと、ロザヴィ色の唇が微笑んだ。

「私と組みましょ、学生さん」

レオが息を呑んだ。ロザヴィ主任の言わんとするところを、おれも察した。

オパロフに伝わる登竜術。

暴れる竜の上を駆ける〈二人組《ブァラン》〉である。

「ニーナ先生から聞きましたよー。走るディドウスの上を、タマルと組んで降りたって。ここに来る前は、ドーチェの〈故竜山〉で訓練していたのでしょう?」

主任は微笑ましげにレオを見つめた。

「私がオパロフを去った時、貴男はまだお母さんのお腹の中でしたっけ。その子がタマルと組むまでになったんですねー。時は早いものです」

レオが唇を動かしたが、言葉は出なかった。姉タマルはレオの師である。そのタマルを教えた人が今、彼の前に立っている。

かつて〈傾国〉とも恐れられた人が、目を細めた。それは指南者の表情であった。

「タマルの飛び方を知る者同士、初見でも息は合うでしょう。回避行動は私が取ります。だからあなたは、まっすぐに駆け上がりなさい」

返答を待たずして、主任は無線機を取り上げていた。

「せんせー。生きてらっしゃいますー?」

縁起でもない呼びかけに、『おーう』と返った。

『役者が揃ったようだな』

にやりと笑んだと、声だけで分かる。主任もふっと笑み返した。

「今から、お迎えに行きますね」

「しっかり摑まって、リョウ」

そう語るレオは、馬を駆りゆく騎士さながら。おれは従順に頷いて、手を伸べた。彼は今日、おれを抱き上げられない。荒れ狂う竜のうろこを走るために。

そんなわけで、おれは両手両足でがっしりと、レオの背にへばりつく。ちなみに命綱という名の、おんぶひも付きだ。

——かっこ悪《わり》ぃ！

などと嘆いてはいけない。人命と竜命がかかっているのだ。見た目なぞ二の次である。

「頑張って！」

幸いにして、少女リリは微塵《みじん》も気にせぬ様子。

「貴男ならきっと見えるわ、リョウ」

これに「おう」と答えた時だった。

「行きます」

荷などないかのように、レオはなめらかに駆け出した。

体動と体動の合間。一瞬の隙を違わずついて、巨竜の指先へと駆け登る。軋むうろこの崖肌にあって、彼の走りは淀みない。体重を利し、一歩ごとに加速する。

「目的の血管まで、直線に進みます！」

うろこの衝突を避けるべく、レオが高く跳んだ。振り落とされぬように、おれは必死にしがみついていた。

「〈誘導管〉の地点から、血管の走行を追います。それを目印に、透視を始めてください」

「わ、わかっ」

舌を噛みかけた。レオがまた跳ねたのだ。背負われるおれは予想できない。早くも酔い始めており、これでは駄目だと気を引き締める。

そこに、ざざっと無線が入った。

『右後肢、接近中ですー』

のどかな声が、危険を知らせる。

『撓側《とうそく》から接触の怖れ。いったん飛ばしますねー』

「お願いします！」

レオが凜々《りり》しく返答する。おれは無言のままに焦る。飛ばすって何だ？　けれど尋ねる猶予があるはずもなく。

おれたちの身体は、ふわっと浮き上がった。

覚えのある浮遊感。振り子のような軌道。

『久しぶりですー、この感覚』無線の向こうのお方が、微笑んだ気がした。『〈エラス〉の籠手《こて》は、組《ブ》ん《ラ》で《ン》使ってこそですからねー』

〈死ノ医師〉だけに許された、特殊な登竜器。生家を出た者は持たぬはずのもの。それが何故ここに二対あるのか、訊くのは野暮というもの。

ただし主任はレオの籠手を見るや、『タマルは変わりませんね』と笑っていた。かつて薄紅《ロザヴィ》に籠手を届けたのは誰か、その一言が物語っていた。

うっかり閉じた目を開けば、巨大な竜の腕が、眼下を行き過ぎるところだった。襲ってきた右腕だろう。そこから二本の白い糸が伸びている。エラスの糸だ。

どうやらロザヴィ主任は、ディドウスの腕を薙ぐ力を利用して、レオを天高く飛ばしたらしい。伸縮する綱が、竜の力を柔らかく吸収していく。

その綱がやがて伸び切ると。

『さあ戻りましょうかー』

公園から子供を連れ帰る。そんな優しい声音だった。

エラスの糸が、今度は縮み始めた。始めは緩やかに、どんどん速くなっていく。主任が横切るように飛んでは、糸を編みこみ、軌道を巧みに変えていった。

「見えました！」レオが叫ぶ。「〈誘導管〉です！」

ぐるぐると回る視界を、おれはなんとか下（と思われる方角）に向けた。波立つ深緑のうろこに、点滴管が差し込まれている。

透視の開始地点である。竜の体動を利用して、一気にここまで飛んできたのだ。

「リョウ、準備を！」

「おう！」

こめかみに力を込める。視界に鮮やかな色彩が宿った。体表に近いものは青黒く。深いものは赤く。その間は、薄紅から黄色の大理石模様《マーブル》だ。

筋肉の奥深く。縦横無尽に走る、無数の血管から。

おれは一本を選び取った。

「見えましたか？」レオが叫ぶ。

「血管は捉えた！」おれは叫び返す。「でも、先生はまだ見えない」

「分かりました。観察を続けてください！」

レオの奔《はし》りはなめらかだ。なんの目印もない中を、彼は一分のずれもなく、血管の上をなぞっていく。あたかも見えているような錯覚を覚えるが、実際に見えるのはただ一人。

ひと欠片も見逃さぬよう、おれは瞬きせず、血流に見入った。

ヤポネの目よ。もってくれよと祈りながら。

「如何《いかが》ですか」

「まだいない！」

「かなり流されていますね」レオは低く唸った。「既に〈橈骨動脈〉の半ばを過ぎました。じき〈上腕動脈〉に入ります。より深く、太い動脈です」

車体と〈風船〉の先だけで、からくも引っかかっている〈カテタル号〉。血管がわずかでも太くなれば、足掛かりを失い、一気に流されていく。

まさか、もう。

冷たい汗が、背を流れる。無線で無事を確かめたいが、そんな暇はないと己を律する。氏の声を聞きたいなら、一刻も早く助け出すのだ。

けれども、あぁ。おれの半端者！　目が早くも痛んできた。視界がちりちりと焼け焦げ始める。涙が溢れて腹立たしい。拭う一瞬に、何かを見落とすかもしれないのに！

『今度は竜尾が接近中』

主任が告ぐ。危機はいつでも、来て欲しくない時に来る。

『もう一度、飛ばしますねー』

「お願いします！」

二人は息ぴったりだ。彼らがいる限り、走り続けられるだろう。

問題はおれだ。肝心の目が、これほど痛んでいたとは。視界の端が既に、白い光に浸食され始めている。早すぎる。いったん閉じればもう、何も見えないだろう。そんな警鐘が頭痛とともにがんがん鳴っていた。

しゅるる、とエラスの糸が張られる音がする。おれは目をかっ開いて、うろこの地面を凝視し続けた。戻ってきた時には、もう見えていないかもしれない。それでも、最後まで見続けるのが、おれの仕事だ。

おれは視野をぐっと絞った。まだ見える中心部にのみ集中する。ずきんと増した痛みを押し返すようにして、これまでにない彩度で熱を見つめた。

うろこの下で、血管のどっくんと脈打つさまが見えた。血液が豪速で奔り降りていく。流れの速さに反し、渦は意外や乏しかった。血液は止まると固まるからだろう。さあっと淀みなく、瞬時に流れていく。

そのはずが、何故だろう。小さな渦の群れが見え始めた。上流から流れてくるようだ。

「あと数歩！」

おれは怒鳴った。

「粘れるか、レオ！」

返事はなかった。代わりに飛ぶはずだった肢体が、ぐうっと重心を落とす。腕を大きく振り切る動きは、いったん張ったエラスの糸を解いたもの。素早く糸の空芯を落として、彼は再びエラスの籠手を構え直した。

ほんのひと呼吸。たった数歩。わずかな遅れに、危機は豪速で迫り寄る。

『早く！』

主任が珍しく、鋭く怒鳴った。

『衝突します！』

大気の圧を感じた。風だけで押しつぶされそうな勢いに、迫るものの大きさが知れた。死の槌を背に感じながら、おれは血潮を見つめ続けた。

「見えた！」

もはや真っ白に染まり、針ほどに狭まった視野に。

その影はついに、飛び込んできた。

「〈カテタル号〉だ！」

怒鳴り声は、豪風に掻き消される。

ディドウスの腕が降りて来たのだ。レオもろとも、ぐちゃりと潰されるだろう。もはや見えなくなった目の裏に、その瞬間を思い描いて、本能が悲鳴を上げた。

刹那、レオの背が、ばねの如くしなった。

「リョウ」甘やかな声が囁く。「どうか、そのまま」

飛ぶのだ。

背後に轟音《ごうおん》が追って来る。大地の割れるような震動に、ディドウスの尾と腕が衝突しているのだと察した。ところがその轟音はいつまでたっても、レオに追いつかない。むしろ遠のいていくようだった。

風の合間を、レオは滑り行く。まるで大気の波に乗っているかのようだった。崩落する崖の合間を華麗に飛ぶ鳥。そんな姿を、おれは盲目の視野に思い描いた。

「抜けます」

レオが告げた瞬間、肌を流れる風が変わった。雪の香が鼻腔《びこう》をくすぐり、極夜の冷気が頬を刻む。老竜の巨軀の合間から、ついに飛び出したのだ。

それからは、がくん、がくんと身を揺さぶられた。右に左に間隔を詰めつつ、エラスの糸を張っているようだ。そうして勢いを削ぎながら、レオは舞い降りていく。土の匂いを嗅いだ時、とんっと軽い足音がして、レオは飛翔を終えた。

歓声が上がった。団のみんなだ。それまで一音もなく、息を詰めていたとみえた。

「やったな、レオ」おれは彼の肩を小突いた。

「やりましたね、リョウ」笑い声が返った。「貴男なら必ず、見つけると信じていました。こうしてはいられません。さあ、始めましょう！」

ざざっと擦れるような音が鳴った。レオが無線を入れたのだ。

「〈カテタル号〉の車体の位置を特定しました。手術《オペラーツェ》を願います！」

『了解《ターク》！』

即座に応答したのは、〈麻酔科〉だった。

『〈筋弛緩薬〉を投与します。同時に呼吸器も停止します。制限時間は三十長針《ミヌト》』

『充分です』〈皮膚科長〉ゼヤンダが応じた。

『お任せあれ』〈整形外科長〉イゴリが続く。

返事を受けて、麻酔科医が即座に秒読みに入った。

緊急手術の始まりである。

『〈看護部〉に通達ですー』主任がまろやかに命じる。『登竜準備を。体動の停止と同時に〈手術野〉を確保します』

『〈重機班〉ですっ』班長ターチカがはきはきと告ぐ。『〈執刀機〉、全て始動しています。搭乗願いますっ！』

不意に、熱い風を感じた。〈竜脂炭《りゅうしたん》〉を焚《た》く高貴な香りが漂う。無数の重機から上がる蒸気が、竜の寝床を満たしているようだった。

四方八方に足音が響く。飛び交う指示と医学用語。そこに、どんっと突き上げるような地震が起きた。ディドウスの腕が止まり、地面を叩いたのだ。

その揺れが、始まりの合図となった。

『〈皮膚科〉、前へ！』

ゼヤンダ科長の、手術刀《メス》の如き号令が飛ぶ。

『〈整形外科〉、〈皮膚科〉に続け！』

イゴリ科長の号令は、電動錐《ドレル》のように響く。

「僕たちも行きましょう」

返事を待つまでもなく、レオは駆け出した。車体の位置を示しに行くのだ。ひと欠片の疲れも見せず、彼はするすると巨竜の腕に登る。

なお、おれは背負われたまま。うっかり降り損ねたが、レオは気にする素振りもない。彼の一部になった気分だ。しなやかな足先の、うろこの岩盤を蹴るさまが、背骨を伝って感じ取れる。

「この地点です！」

軽やかに登り切り、レオは涼やかに告ぐ。

その横をふわりと、そよ風が通り抜けた。

「了解ですー」薄紅色《ロザヴィ》の風である。「消毒を開始します。ゼヤンダ先生、上流に向かって広めにとりますねー」

『お願いします』

レオが飛びすさった。場所を空けたのだ。間髪を容れず続いたのは、激しい噴水の音と、つんと鼻の奥をつく刺激臭。強い蒸留酒、いや消毒液の臭いだ。むせかえるおれをよそに、手術は極北の吹雪の勢いで進められる。

『〈執刀機〉、始動！』

ゼヤンダ科長の号令に続くは、勇ましいモーテル音。

『〈電熱刀〉、点火。〈純切開〉様式に展開』

ターチカ班長が、これを復唱した。

『〈純切開〉様式、展開っ！』

直後、灼熱が夜気を切り裂いた。〈電熱刀〉――いわゆる竜のメスである。

『目標深度、表皮から真皮浅層。皮膚牽引、始め！』

うろこの地面が、ぐうっと沈み込んだ。ディドウスの皮膚が引っ張られたようだった。

こうして切開箇所をまっすぐ整えるのだ。

寸分違わず、皮膚を切り開くために。

モーテル音が一段と高くなる。

『発射！』

落雷した。そんな衝撃が空間に奔った。

ぱあん、とはちきれるような感覚。ずるり、とうろこの地面が滑る動き。肌の繋がりが断たれたと、それだけではっきり分かった。

「鮮《ズドーラヴァ》やか、ゼヤンダ科長！」

レオが拍手している。彼の背中が熱い。興奮しているようだ。

『さすがは我が妻、美しきゼヤンダ！』

イゴリ科長が褒め称えた。のろけというにはあまりにも堂々としていた。

『あとは貴女《あなた》の夫にお任せあれ。〈整形外科〉一同、出動せよ！』

物々しい雄叫びが上がった。出動というより出撃だ。事実、彼らは足音までよく揃い、兵士の様相である。

「真皮深層、割ります！」

「皮下脂肪組織、割ります！」

「筋膜、露出します。筋鉤、用意！」

「もたもたするな、野郎ども！」

唸る機械音。飛び交うがなり声。冬も退く熱を発するは重機か、それとも団員たちか。きりりと凍った風に、汗のにおいが混じり始めた。

『よし、腕橈骨筋の切開に入れ！』イゴリ科長が指令を飛ばす。『筋線維の切断は可能な限り避けよ。術後の回復に関わる！』

おう！　と応じる声にずれはない。「早い、早い！」とレオは感嘆しきりだ。

「見てください、リョウ！　こんな美しい術野があるでしょうか。出血がほとんどみられません。なんと鮮やかな止血術！」

竜の肉体を割り開く彼らは、筋肉を愛する者たちだ。なるべく傷つけないよう、繊細《せんさい》にことを運ぶ主義らしい。それはさておき、レオのはしゃぎっぷりが不安だ。辺りはかなり血腥いのに、そろそろ反動が来るのではなかろうか。

大丈夫かと訊く猶予はなかった。

『十五長針《ピティナーチ・ミヌト》経過！』

〈麻酔科〉から通達が入る。筋弛緩を解くまで、あと半分。それまでに〈カテタル号〉を救出しなければならない。

「それだけではないのです」レオはおれの甘い認識を正した。「皮膚、筋膜、筋肉そして血管。切り開いたもの全てを、時間内に縫い合わせねばなりません」

「間に合うのか？」

「今のところ最短で進んでいます。あとは〈カテタル号〉がすぐに見つかれば……！」

望みはある、と彼は言う。逆だと、おれは理解した。不測の事態が一つでも起きれば、全ては無《ニエート》に散じる。そんな瀬戸際なのだ。

「見えた。〈橈骨動脈〉だ！」

緊迫の報告が上がる。ここからが勝負だ。

『鉗子を出せ！』イゴリ科長が怒鳴った。『上流に装着。血流を遮断せよ。これより動脈壁の切開に入る。執刀はこのイゴリである！』

湧き上がる声援。科内の信頼は絶大のようだ。

一方、細君だけは『くれぐれも切りすぎぬように』と釘を（あるいはメスを）刺した。それでも夫を信じてはいるらしい。意外にも甘ったるい声で送り出した。

『しっかりね、〈ダラゴーイ〉』

ダラゴーイ。女性から男性に贈る言葉で、その意も〈愛しい人〉である。なんだか聞きたくなかった気もするが、イゴリ科長の奮起は言うまでもない。

『もちろんだ、〈ダラガーヤ〉！』

こちらは男性から女性に贈る言葉。その後も〈ミーラヤ〉だの〈マヤ・マーヤ〉だのと続くが、いずれも同じ意味。大事なのは、妻への愛を叫ぶ声がものすごい勢いで移動していること。素早く、けれども正確に、血管を切り開いている証拠だ。

雪の匂い。〈竜脂炭〉の煙。それらを塗りつぶすように、その臭いは噴き出した。赤、とおれは咄嗟に思い描いた。薔薇《ローザ》より、炎《プラーミャ》よりも鮮烈な真紅。

竜の血である。

「先生」

おれは呟いた。この赤は、ニーナ氏のもとに繋がっている。

「ニーナ先生！」

本当は気づいていた。おれとレオがディドウスの腕を走り始めた頃から。氏の声が一切入ってこないことに。

『〈救護班〉、待機願います！』

看護主任の声が張りつめている。

即座にたくさんの足音が応じた。救護士たちだろうとおれは察した。〈竜ノ医師団〉で唯一、人間を救う部署だ。〈竜ノ医療〉につきものの事故に、真っ先に駆けつける人たち。またその悲惨さを、真っ先に目にする人たちである。

生還することの稀さを、彼らは誰より知っている。

――どうか、奇跡を。

声ならぬ声で、そう祈った時だった。

「いたぞ！」

イゴリ科長が怒鳴った。

「〈カテタル号〉だ！」

歓声はなかった。緊張に、夜も凍る。間に合ったのか。それとも。

激しい水音がした。車体が引き上げられたのだ。途端鳴り始めたのは、車を叩く音か。

甲高く「先生、お返事を！」と叫んだのは誰だろうか。「どいてっ、開けますから！」と
鋭く命じたのはロザヴィ主任か。何もかもが入り乱れて、さっぱり把握できない。

「どうなった、レオ！」

邪魔と知りつつ、おれもたまらず叫んだ。

「教えてくれ。先生は――」

答えを得る前に。ぐらり、とレオがくずおれた。力無く伏すさまに、おれの全身からも
血の気が抜ける。冷たくなっていくレオの背中に、まさかと戦慄した。

駄目だったのだろうか。

「――死んだと思ったかね？」

絶叫する、ほんの間際だった。

「生死の判断は慎重に下したまえ、未来の主治医よ」

不遜な声は、ほんの少しかすれていて。けれども、いつもの氏の声だった。おれは何も答えられず、レオの肩口に目を押し当てるので精一杯。そんなおれに、氏の声が柔らかに降りかかる。

「酸素を消耗したくなかったのでな。黙っていたが、無線で全て聞いていた。

——世話になったな」

温かな囁きに、いいえ、と声を絞ろうとして。

代わりに「うえっ」と答えた者がいた。

レオである。背と腹が変なふうに波打っており、なにやら吐き出しそうな様子。辺りに充満する血の臭いに、やっと気づいた模様だ。

「今頃かよ！」

おれは思わず、やつの頭をはたいた。

「我慢しろ。もう分かってんだからな。お前のそれは、ただの甘えだ！　現にさっきまでぴんぴんしてたじゃねぇかっ。それを——」

「あぁっ、リョウ。駄目です、揺らさないで……！」

やつは突っ伏した。おれも否応なく、うつ伏せになる。氏の笑い声が背中に積もるが、この大声からして、腹を抱えているに違いなかった。

「はい、動かない！」救護士が叱責する。「ただちに搬送します。担架へ！」

「大げさな。なんともないぞ。自分で歩ける」

「それを確かめるために搬送するんです。余計な口を利かない！」

氏は小さく「はい」と答えた。たとえ〈竜ノ主治医〉といえども、人の子である以上、人の医師には逆らわぬが吉だ。

「貴方たちも一緒に来なさい、そこの学生さんたち。ここにいては邪魔ですから。降りて検査を受けなさい」

理のある命令だった。なにしろ処置は続いている。〈カテタル号〉を取り出した傷口を、今度は縫い合わせるのだ。

外科医たちには、氏の生還を喜ぶどころか、息をつく間もないようだ。全てを元通りに正すまでが、彼らの使命なのだから。

「〈縫合《ショーフ》〉始め！」

モーテル音が再び回り始めた。ダダダダ、という物騒な音が鳴り渡る。機関銃でも撃ち放しているのか。思わず「なんだ？」と声が漏れ出た。

だが撃ち込んでいるのは弾丸ではなく、針らしい。レオ曰く、どうやら巨大な裁縫機《マシンカ》で、傷口を綴じているようで——

「待ってください」

吐き気も凍りついたかの如く、レオがおれを制した。やつの背中がぐうっと捻じれる。負ぶさったままの、おれを見ようとしているのだろうか。

おれもまた顔を向けた。

彼の顔のある辺りへと。

「リョウ……もしかして」

その声はかすれ、ほとんど聞き取れない。彼の震えが伝わってきた。青金の髪の細かに揺れるさまを、おれは鮮やかに思い描いた。

真っ白に塗りつぶされた、視界の中に。

「目が」レオが呟く。

「うん」おれは頷く。

レオが急に起き上がった。その肩をどうどうと叩く。そうして触れれば、やつの灰色の瞳の浮かぶ高さも、だいたい見当がつくものだ。少しずれているかもしれないが、おれは構わず、にっと笑んでやった。

「よく言うだろ。『河のヌシを獲りたきゃ、まず小魚《ルイバ》を投げ込め』ってな」

今宵の獲物は、世界最大の竜と、その主治医だ。

己《おの》が目二つで、二つの命を釣り上げる。とんでもない大勝負だ。おれは堅実な男、賭け事は嫌いだが、やる時はやると決めている。

結果は見事、大勝ちと来た。

「賭けた甲斐があったわ」

おれの言葉に、レオはどんな顔をしたろうか。

見えないのも存外、悪くないなと、おれは心の中で呟いた。

血管内異物症《イナロニーツエオラ》

文字通り、血管の中に異物が迷入する疾患である。切り傷に伴うものや、医療行為に伴うものがみられる。医療事故の場合、多くは静脈内異物症で、点滴針などの切断がよく報告される。

通常、血流方向に異物が運ばれるため、静脈に迷入した場合は心臓へ向かい、肺動脈を詰まらせる。動脈の場合は末梢側へ向かい、四肢や脳の動脈を詰まらせる。ただし異物の形状によっては、思いがけない方向に流れうる。複数の静脈を行きつ戻りつした症例や、動脈を逆行して心臓に向かった症例などが報告されている。

異物の位置の特定、および摘出は迅速に臨まれたし。

エピローグ

盲《めし》いし者と、竜の加護

患者データ			
個体名	リョウ・リュウ・ジ	肌	蜂蜜色
種　族	ヤポネ（ドーチェ由来）	髪	黒
性　別	男	目	黒
生年月日	不明	耳	ツターリ耳Ⅰ型に類似
年　齢	16歳（推定）	身　長	1.58メルト（国際基準）
所在国	カランバス	体　重	56キラグラン（国際基準）
地域名	〈竜ノ巣〉	留意事項	見た目は12－13歳程度

カランバス暦433年　（人類暦2425年）12月25日

主　訴

全盲

現病歴

いわゆる〈ヤポネの目〉を用いて長時間〈熱源〉を凝視した後、
視野全体が残光のように白濁している。眼痛に伴う頭痛あり。

既往歴

なし

家族歴

不明

診療計画

日光網膜症と類似した病態と思われる。
現時点で有効な治療法は確立されておらず、経過観察のみの状態。

申し送り

標準治療では打つ手なし。治験の適応を検討。
〈竜王〉ディドウスの同意を早急にとられたし。

予感はしていたんだ。

次に〈熱〉を見たら、目が潰れるんじゃないかって。

それでも見ると決めた。無知無力のヤポネ。そのおれに降った数々の幸運。差し伸べられた多くの手。お爺《ディドゥス》さんがいてこそ起こった奇跡を、ここで止めたくは絶対になかった。

まあ要するに、格好つけたかったんだよ。

「だからって」

レオがおれの手を握る。見舞いに来るたび、やつはずっとこうして握り続ける。

「何もそこまで。〈ヤポネの目〉どころか、普段の目まで失うなんて」

「ま、ちょっと不便だな」

おれが肩をすくめると、「馬鹿じゃないの」と返った。少女の声だった。

「馬鹿ってなあ、リリ。お前いつだったか、『尊い行い』とか言ってなかったか」

「それはそれ、これはこれよっ！」

どう違うんだと問う暇もなく、リリはわあっと泣き出して、おれにしがみついてきた。

この二人は毎度この調子である。

「ほら、もう元気出せ」

おれはリリの頭をぽんぽんと叩いた。子供扱いするなと文句を言われた。

「泣いたって治るわけじゃないだろ。寮で勉強でもしな、医学生」

「御心配には及びません。生まれてこのかた、勉強を要したことはありませんので」

「お前にゃ言ってねぇよ、ぼんぼん坊ちゃん！」

おれは枕を投げつけた。まっすぐ飛んだ手ごたえはあるも、やつがさっと避けた気配もあった。その後の、ぼふっという音が、何に当たったかまでは分からなかった。

だいたい扉辺りのような。

「随分元気そうだな、え？」

ニーナ氏だ。扉を開けたところを、枕が直撃したようだ。

「はいっ」おれはへらりと取り繕《つくろ》った。「おかげさまで」

「その実態は、カラ元気だがな！」風を切る音がした。指を差されたようだ。「いつから、そこまで目を痛めていたのだね、え？」

問い詰められて、おれは真面目に思い返し、正直に話した。

「……最初から?」

そう答えると、全員からたっぷり怒られた。

「仕方ないだろ!」正直者への、なんと理不尽な仕打ちか。「ヤポネの目を持つのはおれだけだし! こんなものかと思ったんだ」

「だんだん見えなくなるのも、か?」氏は呆れた様子だ。「お前は馬鹿か」

「そうなの、馬鹿なの」リリが代わりに答えた。誰からも訂正はされなかった。

「いや、だって」おれは孤立無援である。「カランバスのヤポネは、熱を見る力を失ったという話じゃないですか。おれも本土にいた時はあまり見てこなかったし。だからいつか、おれも見えなくなるんだろうなって――」

「覚悟していたと?」少しも同情しない声だった。「数千年生きた爺《ディドウス》さんでもあるまいし。もっと足掻かんか、若者が」

絹糸を薙《な》ぐような微風を感じた。レオが首肯《しゅこう》する気配だろうか。

「まぁ過ぎたことだ。これからの話をしよう」椅子を引く音がする。「さて、まずお前の処遇についてだ。全盲は重大な障害。死亡に準じた保証金が下りる。ゆえに少年。お前の抱えた奨学金《しゃっきん》は、全てチャラだ!」

「本当ですか⁉」

「そんなもの、目には代えられません！」

レオが珍しく本気で怒鳴った。耳もとでやられたらしく、鼓膜が痛い。

「分かっているのですか、リョウ。これは貴男《あなた》が正式に、目を失ったと認定されたということです。もう二度と、治りはしないと……！」

レオの声が鈴の如《ごと》く震えている。

だがな坊ちゃん。これは死活問題だ。目を失っては、ろくに働けない。そこに利子付き借金がのしかかってみろ。おれはこうして寝そべっていることもできやしない。

「衣食住についても心配するな。我ら医師団が、お前の一生を保障しよう。加えてお前の目にかかる今後の治療費も、全て無料だ。

私が交渉した、感謝せよ！」

「します！」

拝んだところで、あれ、とおれは首を傾《かし》げた。

治療費とは？　しかも今後の？　目については、もう手の施しようがないと聞いたが。

「さて、ここからが本題だ」

かたかたという音がした。シシ面が笑ったに違いなかった。

「聞いたろうが、お前の目に起きたのは、おそらく〈日光網膜症〉の一種だ。太陽などの強い光を直視することで、目の網膜が焼ける疾患だ。少々の火傷《やけど》なら養生すれば治るが、広く焼けただれた膜はもう戻らん」

よって、網膜を新たに張る他ないと氏は言う。新たに？

「そんなわけで、だ。これを見ろ」

ばんっと寝台の横が揺れた。脇机に、氏が何かを叩きつけた様子。ばさりという音から書類かしらと推す。見ろと言われても、氏は既におれの目の事情をお忘れのようだ。

リリが代わりに「これ……！」と息を吞んだ。

「〈竜人異種移植術〉ね！」

なんですって？

「おう、まさしく。人体に竜の細胞を移植する夢の治療だ。現在、研究の最終段階でな。広く治験者を募っている。

というわけで、リョウ・リユウ・ジ。受けたまえ」

「いやです」

おれは即座に答えた。見えないって恐ろしい。借用書よりも危険な紙だったとは！

「先生はおれを何に改造する気ですか？」

「そう警戒するな」氏はたびたび無茶を仰る。「師たるもの、可愛い生徒を見えぬままにしてはおけまい？　世界最先端技術でも何でも当たるさ。そして幸いにも、お前にはこの治験を受ける資格がある。

いや——この治療は、お前のためにあると言えるだろう」

実験鼠を前に、舌なめずりするニーナ氏。そんなさまを思い浮かべていたが、意外にも真面目な声に、おれはつい引き込まれた。おれのための治療だって？

「そうだ。何故ならお前が、ディドウスの免疫を〈回避〉する者だからだ」

〈免疫回避〉。

竜より《ヤポネ》いづる人が、稀に持つ力。竜の身体に排除されることなく、その一部として受け入れられる。そんな特異な体質と教わったけれども。

「ディドウスはお前を受け入れた」

予言者の如く、氏は告げる。

「お前もまた、ディドウスを受け入れるだろう」

悪魔の提案に聞こえた。

「ディドウスの目を、貰えというんですか？」

恐ろしさに、声がかすれる。

まさか竜の目をくり抜くとでも言うのか。そんな馬鹿な。だって、ディドウスは。

「まだ、生きているのに！」

その一言を放つや、おれの咽喉《のど》はきゅうっと締まった。

ディドウスはあれ以来、起き上がらない。そう聞かされていた。

心臓は戻った。呼吸器も外れた。麻酔もとっくに覚めている。そのはずなのに、老竜は眠り続けているという。

「いいえ、昏睡《こんすい》ではありません。目を開くこともあります」レオが励ますように言う。

「医師の言葉に瞬《まばた》きを返すこともあります。意識はあるようです」

けれども動かない。それだけで結末ははっきりしていた。寝返りが打てなければ、竜は自重により、緩やかに死に向かう。

ディドウスの最期が近づいているのだ。

せめて苦しみの無いように――人間に出来ることは今それだけだ。〈死ノ医師団〉も近近タマルを派遣すると聞いている。

危篤に陥った原因は不明だ。心臓の損傷が大きかったのか、〈カテタル号〉を取り出すために、呼吸器もいったん止めたからか。他の合併症が起きたのか。それとも。

「寿命、なんですか」

やっとの思いで口にすれば、「さあな」と返った。

「命の限りだけは予測がつかん。ま、あの爺さんのことだ。ちょっと疲れて寝ているだけかもしれん」

不器用な慰めに、おれは声なく笑った。

「こら、目をこするな」

氏は稀に、とても優しい声を出す。

「ディドウスの生死と、お前の目の話とは別だ。ディドウスの目そのものを使うわけではない。使うのは、血だ」

がたっと椅子の鳴る音がした。レオである。この期に及んでまだ血嫌いらしいが、飛び上がらなくなっただけ進歩と言える。

「竜の血液中には、特殊な細胞がごく少量存在しているのだよ。〈幹細胞〉といってな、あらゆる細胞の、おおもととなるものだ」

理論の上は、その細胞から竜の全臓器を作り出せるという。

「全ての臓器が？——目も？」

おれの呟《つぶや》きに、氏が微笑《ほほえ》んだ気がした。

「そうだ。正確には、その一部の〈網膜〉だ。お前が焼き焦がしてしまった、光を感じる薄い膜だ」

真っ白に潰れた目に、おれは指で触れた。

また、見えるのだろうか。熱が。竜が。友の顔が。忘れないようにと、毎日思い描いている景色が、再び。

嬉しいのか怖いのか、よく分からなかった。きれいさっぱり捨て去ったはずのものを、もう一度拾い上げるのは、勇気がいる。もし手術が失敗すれば、目を失ったあの日をまたやり直すことになる。

一度目は覚悟していた。だから耐えられた。二度目はきっと、もっと苦しい。それでもおれの盲いた両目は、乞うようにずきんと痛んだ。

また、見たい。

まだ、なんにも見ていない。

「これはもともと竜同士の〈移植技術〉だ」

氏は淡々と説く。

「それを人間に移すのは邪道といえる。竜と人の目は可視領域が異なるからな。しかし、お前はヤポネ人だ。もともと、他の人間とは異なる可視領域で世界を見ていた。竜の見る世界と、それは重なるのだよ」

常人が竜の目を得ても、脳が適応できず、見えるようにはならない。けれども〈熱〉を見て育ったヤポネなら、使いこなせるだろうと氏は論じた。

「受けたまえ、少年」氏は静かに命じる。「己のために踏み切れぬなら、爺さんのために決断しろ。爺さんは言ったぞ。お前に、血をやると」

眠れる巨竜が、わずかに目を開けた時。氏は彼に尋ねたという。盲いたヤポネの子に、血を分け与えて良いかと。

朦朧《もうろう》とした中、ディドウスがどれほど理解したのかは分からない。ただ確かなことは、ディドウスは咆《ほ》えたのだ。

短く一言、『是』と。

「以来、爺さんは目を覚まさん。あるいはあれが、最期の言葉となる」

氏は厳かに告ぐ。

「お前は自分のためには動かんやつだ。しかし、竜のためになら命をも賭ける。どうだ、リョウ・リュウ・ジ――爺さんの願いを、叶えてやれ」

卑怯だ、とおれは思った。これでは断りようがない。笑おうとしたはずなのに、何故か涙がぽろりとこぼれた。

「はい」

おれは震える声を絞り出した。

「治療を、受けます。

――ディドウスの血を、おれにください」


「じゃ、行ってくる」

移植手術の当日。待合室の前で。

付き添いのレオとリリの手が離れていく。背中に添えられたのは、知らない手の感触。おそらく看護師さんだろう。優しく触れていただいているのに、なんだか少し心細い。

「頑張ってください」

レオの声は、おれよりか細い。それを吹き飛ばしたのは、呵々大笑《かかたいしょう》だった。

「何を頑張るのかね？　お前が今日すべきは、手術台に乗るだけだ！」

ニーナ氏である。

「しかも全身麻酔。起きたら全て終わっているのだ。さっさと寝てくるがいい！」

「お見舞いの方はお静かに」

ぴしゃりと注意され、「はい」と氏は押し黙った。〈竜ノ医師団〉では傍若無人《ぼうじゃくぶじん》な氏も、人の医師相手では勝手が違うらしい。おかげで今日は、口を挟む余地がある。

「あの……、ありがとうございました」

やっと、言えた。今日の手術を提案してくれたこと。背中を押してくれたこと。全てに感謝したかったのに、氏がずっと喋り続けるから、こんなにぎりぎりになってしまった。安堵と達成感とともに、声のする方へとぴょこんと頭を下げる。ちょっとずれたかな、と思った、その時だった。

どおん、と地面がひとつ揺れた。

覚えのある振動。大気を引き裂く雷鳴が、それに続く。ディドウス、とおれは叫んだ。鼓膜が痺《しび》れて、自分の声は聞こえなかったけれど。

老竜が吼えている。天地をあまねく震わせるその声は、全身を引き絞るかの如き響き。これが断末魔の咆哮《ほうこう》かと、おれは直感した。

『ニーナ先生！』

無線が入った。氏が携帯していたものか。

『先生、ディドウスが』

「行ってください！」おれは怒鳴った。「レオも、リリもだ。早く！」

「すまんな」氏が言った時、既に駆け出す足音がしていた。「こっちのことは心配するな。お前は手術のことだけ考えろ。いいな！」

はい、と声を張るはずが、咽喉から出たのは嗚咽《おえつ》だった。頰が濡れて、うっとうしい。涙は手術の邪魔になる。止めなくては。

「大丈夫ですよ」背を撫でる誰かの手は温かい。「大丈夫、麻酔をかけたら止まります」

——だから、泣いてもいい。

そう言われた気がして、おれは手術台に上がるまで、一歩ごとにぼろぼろ涙を零《こぼ》した。横たわりながら、真っ白に潰れた視界に、ディドウスの瞳を思い描いた。

数千年の時をかけて世界を見守ってきた、あの満月のような瞳を。

見えるようになっても。ならなくても。おれはもう二度と、彼の目を見ることはない。ならばせめて目の一部だけでも、おれに宿って欲しい。おれの眼窩《がんか》を苗床にして、ほんの数十年だけでも、ともに生き永らえたい。

「始めますよ」

黄泉《よみ》の水辺から、ディドウスの血を掬い上げる。

そんな想いの中、おれは濡れた瞼《まぶた》を閉じた。

「——はずだったんだけどな」

季節は巡り、春爛漫の風の中。

山とも見紛う影を、おれは仰ぐ。

「……元気だな」おれは呟く。

「ええ、元気です」レオが首肯する。

「完璧な健康体だ！」ニーナ氏が怒鳴る。付き合いきれんとばかりに。

足もとの人間たちの会話に、ディドウスは気づいているのか否か。うららかな日差しを愉しむようにして、彼は首を高く伸ばしていた。深緑のうろこは朝露にきらめくばかり。大きなあくびに覗く舌は地獄の火焔《かえん》よりも鮮やかで、頭から尾の先までつやつやとして、すこぶる血色が良い。

「心機能も呼吸機能も全くの正常。むしろ以前より良いぐらいだ。数値にして、三千歳の雄竜の平均並みである！」

「若返ってませんか？」

あくまで比喩として発した言葉に、氏は大真面目に「そうだ」と頷く。

「若返ったのだ」

そんな馬鹿な。そう叫ぶも、竜にまま起こる現象と教わった。

「昔から言うだろう。『竜は不死身』だの、『竜の血は不老不死の妙薬』だのと。それらの逸話のもとがこれだ」

身体に重大な異変が起こると、竜は稀に仮死状態に入る。飲食を一切断ち、心肺機能をぎりぎりまで停止させて、損傷した臓器の回復に注力するのだ。

「臓器の復活自体は珍しくありません」レオは涼やかに述べる。「例えば人間においても、肝臓は復活しますから」

ただ竜においては、脳以外の全ての臓器が甦りうるという。

「医者なんて、いらないじゃんか⁉」

「そういう訳にも行かん」と言いつつ、ニーナ氏は苦い顔である。「回復期に入るまでに、急性期を乗り越えねばならん。あと慢性疾患には何故か無力だ。というより、回復機能が破綻した場合に、疾患が顕在化するとみえる」

竜が生きている間、育ち続けるのも、自重で圧死しそうな巨体を維持し続けられるのも。全てはこの回復力に基づくという。すぐさま摩耗しそうな関節の軟骨一つとっても、日々修復と回復が繰り返され、いつまでも若々しい膝を保つ。

「このじじいは、〈再生〉の力がすこぶる強いのだ」

いっそ憎々しげに、氏は言い放つ。

「だからこそ数千年を生き延びている。あともう千年生きかねん！」

おれは眩暈《めまい》を覚えた。頭を押さえると、レオが「眼痛ですか」と気遣ってきた。

「無理しないでくださいね、やっと退院したのですから」

レオがおれの頬に手を当てて、目を覗き込んできた。至極慣れた手つきである。おれが失明している間、彼は付きっきりで介抱してくれた。以来、距離感が狂って久しい。

「きれいですね、何度見ても」

何度止めろと言っても、彼は耳もとでため息をつく。

「ディドウスとそっくりの、黄金色だ」

彼の言う通りだった。

なんの変哲もない、おれの真っ黒だった目。それは今や、巨竜と同じく、満月の輝きを宿している。

治療を受ける前に、目の色が変わるかもとは聞いたけれど。

「網膜のみならず、隣接する〈ぶどう膜〉にも炎症があったのだよ」とは氏の弁である。

「よって、その細胞も移植した。ぶどう膜は虹彩も含むのでな。すっかり置き換わったとみえる」

さすがは竜の血から生み出した細胞、大変な生命力である。まるでディドウスそのものだな──と考えて。

「じゃあ、事実ってことですか？」おれの口を疑問がついて出る。「さっきの謂れ。『竜の血には不死身の力が宿る』ってやつは」

「その通り！」氏がおれの目を指差した。刺さるかと思った。「お前の目を治したように、竜の血はまるで、不老不死の力を宿して見える」

ただし竜自身と、竜の民たるヤポネに限るわけだが。

そうと重々承知しているはずの氏が、何故か不穏に笑い出した。

「良くやったぞ、リョウ・リュウ・ジ。お前の例を聞きつけて、不老不死を求める欲深き富豪どもが、私の研究室に世界中からこぞって貢ぎに来るであろう！」

何を隠そう。竜の血から目の細胞を作り出す技術は、氏の率いる研究室のものという。悪徳医師とはこのことか。まさか始めから、おれを広告塔にするつもりだったと？

「何を言う、私は真実、お前の目を案じていたぞ。第一もったいないではないか。どうせまた、じじいは急変するぞ。ヤポネの目はまだまだ必要なのだ」

もう竜の目ですが、という指摘はこの際、些末なことだ。

「研究には金が要るのだよ」

氏はほくそ笑む。

「でも『欲深き富豪』って言っても、先生がしたいのは〈竜ノ医療〉の研究でしょ。人を不老不死にしたいんですか」

「全く興味はない！」氏はいっそ潔《いさぎよ》く言い切った。「だからこう言うのだ。『現時点では、この技術は竜に限る。しかし稀に、人間にも適用できる例が見つかった。研究を重ねればいつの日か、人の治療にも応用できるかもしれない』――とな」

嘘は言っていない、と氏は主張する。応用するのは氏ではなく、未来の人間の誰かだというのだ。これを詭弁と言わずして、何と言おう。

ヤポネより〈妄言者《ルオーシュ》〉の名にふさわしい〈赤ノ人〉である。

「まさか、おれを医師団に入れたのは、このためですか？」

もはや何も信じられず、おれは氏をじっくりと検分した。〈竜ノ目〉は〈ヤポネの目〉より感度が高く、常の視野に〈熱〉の軌道がすぐさま被る。おかげで人間の体温は、嘘をつくと上がることを知ったのだが。

「そんなわけあるまい？」肌の色に反し、氏の体温は平静そのものである。「お前は自ら我が団に来たのではないか」

「でも、世界各地から人材を集めていたって、前に仰いませんでした？」

「研究のためではない。じじいのためだ。如何《いか》にしぶとかろうとも、うっかりぽっくり逝っては若返りようがない。ぽっくり逝くのは血管の病と相場が決まっている。ゆえに私は〈血管内科〉に入ったが、内科医だけでは緊急時の手数が限られるのでな」

確かに、心臓を治したのは氏と〈カテタル号〉だが、その後の合併症に対応したのは、氏の集めた人材だ。皮膚科医ゼヤンダと整形外科医イゴリ、看護主任、おれとレオ。

さすがは、真の主治医の慧眼《けいがん》というべきか――

「待ってください。先生の集めた人材って」

はたとおれは気づいた。

「病気のためじゃなくって、血管から先生を助けるための配備じゃないですか」

「うむ。偶然だな！」

なんと白々しい！

いや、さすがに氏の言う通り、偶然なのだろう。〈カテタル号〉が詰まると端から決まっていたわけではない。あらゆる事態を想定した中での、ほんの一例だったのだろう。

それでも氏なら、全て計算の内かと疑いたくなる。

本気で氏のもとをお暇しようかと考え始めたおれのもとに、軽やかな足音が届いた。

「あっ、いた。リョウ！」

リリだ。彼女の〈熱の影〉はすぐ分かる。人より少し高いのだ。熱のこもりやすい性質なのか、興奮しやすいのか。頬と同じ薄紅色に全身をきらめかせ、彼女は駆けてくる。

その手がぶんぶん振り回すのは、一片の封筒だ。

「出たわよ。リョウの進級判定の〈通知書〉！」

「なんでお前が持ってんだよ！」

少女の掲げる封筒を、おれはひったくった。

「代わりに持ってきてあげたのよっ」少女は全く意に介さない。「今日は学年末なのよ。どうせ出ることを知らないと思ったから、確認しに行ってあげたわ。

いいから、早く開けましょ。ね、早く！」

リリはぴょんぴょんと跳ねて、おれをせっつく。レオは無言だったが、明らかに固唾《かたず》を呑んでいる顔だ。

彼らを追い払えず、ええぃままよ、とおれは腹をくくった。封を破く勢いそのままに、ぱっと通知書を開いて。

そのまま沈黙した。

「……どう？」

リリが囁《ささや》いた。レオが生唾を呑む。おれは深いため息をつくと、彼らに向かって書面を掲げた。

〈リョウ・リュウ・ジどの
今年度に修められた座学補習授業の成績をもって、

貴殿の〈基礎課程〉初学年への進級を許可する。

医師団長　兼　教育学部長　マシャワ・マッサ・ママドゥ〉

一拍の静寂ののち、二つの奇声が上がった。

「おめでとう、リョウ！」レオは変声期のせいか、最近は大声を出すとひどくしわがれる。

「入院中に猛勉強した甲斐がありましたね！」

「やったわね、リョウ！」リリは跳ねるたびに、熱がきらきらと瞬《またた》く。「感謝してよねっ。あたしに家庭教師を頼まなかったら、今頃留年よ！」

「うん、ありがとうな、二人とも」

おれは素直に礼を言った。心から感謝していた。

目の手術は成功に終われど、その後が長かった。なにしろ世界初症例。移植した網膜がきちんと定着するか、慎重な観察が要った。肝心の視力も、回復したり、また落ちたりを繰り返していたので、情緒の面からもなかなかきつかった。

そこで、おれは勉強することにしたのだ。

何故って？　気づいたのだ。視力が戻ろうが戻るまいが、小等学舎を卒業すべきだと。もしその先の中等学舎の課程も修めれば、おれは晴れて〈基本教育履修者〉となる。就職の幅が広がるのだ！

竜にまつわる仕事は事故が多く、〈竜ノ巣《ゲネズド・ドラコーナ》〉は障碍者に優しい。衣食住は保障されるし、仕事だって斡旋してもらえる。このまま見えなくても、案外いいかもしれない。

そう思い始めた矢先、網膜は定着し、視力はこれまで以上に良好となったのだった。

「見えない間、二人には教科書を隅から隅まで読んでもらったんだよな。しかも何度も」

ありがとう、と改めて伝えると、レオははにかみ、リリは誇らしげだった。

「素晴らしいのはリョウですよ。耳で聞くだけで勉強されたのですから」

「むしろその方が、覚えが良かったわよね」

リリの言う通りだった。自分でも知らなかったが、おれは目より耳で学ぶ性質らしい。思えば孤児院時代に鍛えられたのだろう。文字が読めると悟られぬよう、黒板も教科書も見ず、廊下や隣室の壁越しに、こっそり聞き耳を立てて授業を受けてきたのだ。

孤児院では小等学舎から中等学舎までの内容を教えていた。だからおれも一応、知識としては持っていたわけだ。十年分をこの一年でなんとか修めなおせたのは、ひとえにそのおかげだった。

ただし簡単ではなかった。知識は全て細切れ。きちんと関連づけられておらず、問題を解くとなるとお手上げ。歴史学の知識は全くなく、歴史を知らないと地学も社会学もよく分からない。

唯一、数字にだけは強いようで、数論学だけは苦労しなかったが。

「リョウは〈盤上遊戯《シャフマトィ》〉も非常にお強いですからね」

「さすがに、図形問題は無理だと思ったけどな」

「そこはあたしのおかげね」

リリは自慢気だ。事実おれは彼女に頭が上がらない。なにしろリリは教科書にある図の全てを模型にしてくれたのだ。自分も進級試験で忙しかったろうと思うのだが。

「いいのよ、別にそんなの」少女はなんとも寛大である。「とにかくこれで、来年度から、正真正銘の同級生ね。やったわね！」

感極まったか、リリが飛びついてきた。おれは慌てて身構えた。彼女は既におれよりも拳《こぶし》一個分背が高い。伸び盛りのようだ。

「ちょっと待て」どうっと背骨に響く衝撃に耐えて、おれはふと気づいた。「同級生ってなんだ。お前は一個上だろ」

おれの首に回された腕が、ぎくっと硬くなった。それで察した。

「まさか、留年かよ？」

おれの手伝いにかまけて、進級試験に失敗したのか。

そんな懸念がよぎったが、事実はもっと単純だった。

「出席日数が足らなかったのだよ。試験自体は筆記も実技も優秀だったのだがな」

ニーナ氏だった。なお、氏もかろうじて教官である。

「お前なあっ！」おれはリリを引きはがした。丸い頬が、更に膨《ふく》らんでいた。「どうりで毎日毎日、午後になったら見舞いに来ると思ったわ！」

〈基礎課程〉では、物理や化学、竜登術などの実験実習が午後に設けられている。変だと当時から思ったのだが、リリは「実習はもうないのよ、試験が近いから」と言っていた。すっかり騙された。

「いいじゃないっ、一年ぐらい遅れたって」リリは開き直った。「だいたいあたし、まだ十三だもん。遅れたうちに入んないわよ」

「全くです」レオが何故か同調した。「リリさんは史上最年少の入団者ですからね」

さてはこいつ、リリの留年を知っていたな。おれは直感した。こうなると、レオ自身も怪しい。問い詰めると、彼は肩を落とした。

「いいえ、進級してしまいました」

心底悔いているふうだ。聞けば〈医師課程〉の座学は、今年度で全部履修したとのことだった。とすると、残るは医学実習のみである。

「ニーナ先生」レオは真摯《しんし》に問う。「生徒の自由意志による『落ち級』の選択肢は」

「ない」氏はきっぱり宣言した。「観念しろ、研究生第二号。来年度は晴れて、解剖学や外科実習、そして我が〈血管内科〉の実習が目白押しだ！」

レオは助けを求めるようにおれを見た。どうにも出来ない。

おれの退院から食堂での訓練を再開したが、レオの状況は一進一退。リリも相変わらず同期に馴染めておらず、わざと留年する始末。この調子では次の新入生とも仲良くやっていけるかどうか。かろうじて進歩があったのは、おれの進級ぐらいだ。

「進級おめでとう、少年！」

ニーナ氏が笑んだ。心からの祝福だろうが、嘲笑《あざわら》うような形に見えた。

「視力の完全回復をもって、医師団の保障は終了した。今後の学費は従来通り、奨学金《しゃっきん》で賄《まかな》われる。うんと励み、ディドウスの主治医になるがいい！　それほどの技量をつけねば、どのみち返済は無理だからな！」

目とともに、何もかもが舞い戻ってきたようだ。

喜べばいいのか、嘆けばいいのか。おれは頭上を仰ぎ見た。ディドウスの顔が、そこにあった。満月色の目が笑うように、三日月状に細められる。お揃いの目をしたおれの姿が、大きな瞳に映り込んでいた。

その目はあまりに巨大で、おれの姿を認めたかは怪しいけれど。

――オカエリ。

春の風に立ち上る、うろこの森の匂いが、そう囁いた気がした。


「リョウ・リュウ・ジが、帰ったぞおっ！」

あどけない声が高らかに宣言する。わあっと歓声が上がった。

小等学生たちだ。

「もう見えるの？」「それ、〈竜ノ目〉？」「金色だあ！」「うそー、見せて見せて」「ねえ、他はどこが竜になったの？　うろことか生えてるの？」

わらわらと集まってくる子供たちに、おれは埋もれた。おかげで「ただいま」なんて、照れ臭い台詞を吐かずに済んだが。

ここは〈公共区〉いち大きな公園。そのまた一番大きな樹の下だ。大きくしなる枝には垂れ幕が掲げられ、本日の催しものをでかでかと宣言していた。

〈盤上遊戯《シャフマトイ》大会　小等部門〉

本日は、その決勝戦である。

「頼んだぞ、リョウ・リュウ・ジ！」

シャフマトイ部の部長が、真剣な顔でおれに迫った。

「お前はトリだっ。全力で行けよ！　うちの学校の十五年ぶりの優勝がかかってるんだ。途中で目が見えなくなったって、戦い抜くんだぞ！」

「縁起でもないこと言うんじゃないわよっ」

付き添いのリリが凄んだ。すっかり世話役気取りである。

「もののたとえだよっ」彼女の圧に部長の男児がたじろいだ。「だって目が見えなくても勝ってたじゃんか。な、リョウ・リュウ・ジ」

そうなのだ。

目が見えない間、おれは勉強の傍ら、シャフマトイ大会にも参加し続けていた。未だに無敗である。

「まったく驚きです」レオが感嘆の吐息をついた。彼も当然のように付き添っている。

「目が見えないまま、駒《こま》と位置を全て覚えられるとは」

「本当よね」リリもシャフマトイに関しては、手放しで褒める。「しかも負けなしなんて。これで始めて一年目なんて、信じられない」

おれ自身も実は驚いている。ヤポネの目の他に特技らしい特技がないおれだが、これはちょっぴり自慢できそうだ。

「ともかく、そのリョウ・リュウ・ジが、完全復活だぜ！」

小さな部長は大きく咆えた。

「覚悟しろよ、第三小等学舎のやつらめ！」

歓声が上がった。相手校が到着したのだ。観客の輪がどんどん厚くなっていく。さすが大人気の競技である。

この大会は〈竜ノ巣〉の伝統行事だ。小等学舎四校が年間を通して戦う。〈落ち級生〉のおれも小等学生として申請され、出場資格を授与された。ちょっぴりずるい気もするが、なりふり構っていられない事情があったのだ。

おれの所属校は、何を隠そう、最下位続きの最弱校なのである。

シャフマトイは〈天・地・海〉の三段の盤で、竜を象った駒を使って競う。より多くの〈竜駒〉をとった者が勝ち、試合後はそのうち五駒を自分のものに出来る。負け続けると持ち駒が減り、おれの母校は必要駒数を割る勢いだった。

今年こそ勝たなくては、来年以降は出場資格を失う。そんな瀬戸際なのである。

「頑張って！」リリがおれの肩を叩いた。

「ご武運を」レオがおれの背を押した。

「行け行け、リョウ・リュウ・ジ！」応援団の子供たちが声援を送った。

竜駒は全部で千種以上。それぞれ実在する竜に準《なぞら》えており、見た目はもちろん動きや能力値が異なる。この大会では手作りだが、公式駒は高値で取引される。

ちなみにディドウスの駒もある。彼のものぐさな性格を反映してか、ひと目分の前進と上下の〈盤替え〉しかできない鈍重の駒だ。だが『一回取られても復活する』という唯一無二の特性があり、しぶとい守りの駒として人気だ。

試合が始まった。

相手はさすが三年連続優勝校。当然、一筋縄では行かなかった。

トリのおれが出るまで、五人制の二勝二敗。それも勝ち方はギリギリ。もっとも、去年までは最弱だったことを踏まえれば、それだけで大健闘だろう。

そう悠長に構えていたおれは、どこかで舐めていたのだ。所詮《しょせん》は小等学生の催しもの。ずっと年上のおれが勝つのは当然で、むしろ〈落ち級〉を理由に参加していいものかと。馬鹿な認識だった。リリやレオをさんざん見てきたくせに、何故そう思えたのだろう。

年齢なんて、なんの意味もないのだ。

その子は小等四年。決勝まで顔を見なかったのは、地方大会になど興味なかったから。それでも最後にやってきたのは、目が見えぬまま戦うおれの噂を聞いて、ちょっと興味が湧いたから。

強かった。

いったいどこまで読んでいるのか。おれはその子の頭の中を追うので必死だった。これまで駒の進めかたに迷いはなかったが、今日は大いに迷った。所詮はシャフマトイ歴一年。経験の違いを痛感した。

駒を動かすたび、取るたび、また取られるたびに、子供たちが高く叫ぶ。リリもレオも彼らに交ざって、シャフマトイに見入っていた。気づけば観客の輪には、大人たちの姿もあった。白熱した応援に誘われて、近所の人が見物に来たようだった。

勝負はなかなかつかず、熟考が続き、けれども観客の誰一人として帰らなかった。大会いちの名勝負だったと、後で聞かされた。

脳をきりきりに絞って、おれは一手を繰り出した。相手を窺《うかが》うと、あどけない額に汗が浮かんでいた。熟考に入ったその子の目は真剣で、何より楽しそうだった。

おれも、こんな顔をしているのかな。そう思って、ふと不思議になった。ほんの一年前まで、おれは誰かと遊んだこと自体がなかった。学びを禁じられたヤポネ人は、遊び相手にも選ばれないのだ。そのおれが、こうして輪の真ん中にいる。

おれは今、取り戻しているのかな。そんな言葉が、心に浮かんだ時だった。

遠雷が聞こえた。

見て！　と誰かが叫ぶ。天を仰げば、春の柔らかな雲を切り裂いて、一頭の竜が現れた。

ディドウスより随分小振りの、けれども美しい若草色の竜であった。

大きな雷鳴がとどろいた。ディドウスが返答したのだ。どうしたと言っているようだ。轟音《ごうおん》のような彼の声も、同胞には優しく響くのだろうか。若竜はゆっくり旋回し始めた。

「降りてくるんじゃない？」

「本当だ」

「間違いないよ、新しい竜だ！」

町中に、警告音が響いた。巨大な汽笛が鳴り渡る。新たな竜に沸き立つようにも、慌てふためくようにも聞こえた。

古きも新しきも、命はいつも世界を変える。変化はいつも決断を迫り、決断とは苦しく怖いもの。此度の変化が何をもたらすか、恐れる方が正しい姿だ。

わくわくするおれは、きっとおかしいのだ。

周りを窺えば、リリもレオも、他の子供たちも、天の竜を仰いでいた。頰にきらきらと熱の粒が宿っている。〈竜ノ目〉には、頰の紅潮一つが煌《きら》びやかに映った。

例えば犬が尾を振るように。喜怒哀楽がこうも一目瞭然なら、ディドウスたち竜が人を愛《め》でる理由も、少し分かる気がする。

竜が好きで仕方ない。

そんな気持ちもきっと、筒抜けだろうから。

ディドウスは吼える。若き竜が応える。天地の全てを見透かすように。地を這う人間の全てを暴くように。あるいは、なんにも考えていないように。

竜からすればありんこほどの短い命。それの尽きる日まで、彼らのふもとに生きたい。

黄金色の〈竜ノ目〉に触れて、おれはこっそりと願いをかけた。

再生医療《メジツイーナ・レゲネレチヴ》

失われた臓器や機能を取り戻す、究極の治療法。現時点では研究段階だが、将来は輸血を含め、他家移植への代替が望まれる。

竜においては、血中に〈幹細胞〉の存在が確認されている。その量には著しく個体差があり、個体によっては重度の臓器損失をも再生する。そうした個体は概して長寿、かつ巨体である。彼らの関節軟骨に全く摩耗が見られないのも、この〈幹細胞〉の働きである。

なお、古くからの言い伝えでは、『竜の血には不老不死の力が宿る』とされる。飲んだり浴びたりすれば、人間にも力が宿ると語られるが、竜の血から再生されうるのは無論、竜のみである。誤った情報を流布せぬよう心掛けられたし。

あとがき

竜の医師たちの物語――始まりは、この一言からでした。

「医療ファンタジーを書こうよ！」

ある日、庵野ゆきの片割れが言い出しました。それに、もう一方が即答。

「無理」

申し遅れました。『庵野ゆき』とは、女二名による執筆ユニット名です。デビュー作『水使いの森』以前から個人で活動したことはなく、医師の方をアンノ、フォトグラファーの方をユキとしております。このあとがきも、二人で執筆しています（とはいえ、一方に視点を定めないと書きにくいので、今回は便宜的にアンノ視点をとっております）。

二人で執筆とは、どういうことか。簡単に申しますと、全ての文章に、互いが手を入れ合って進めていく、といったものです。

もう少し具体的にご説明しましょう。

物語の着想はだいたい、「こんなのを書きたい！」といった、ユキの何気ない一言から始まります。そこからテーマや世界観、登場人物の案を二人で出し合います。ある程度のところで、アンノがプロットを立てます。それをもとに、ユキが見せ場やキモとなる人物、心情の流れ、伏線などを決定。アンノがプロットを手直しして、二人でまた確認。これを数回繰り返して、いざ執筆に入ります。

執筆も二人三脚です。まずアンノがたたき台となる文章を書き、その日のうちにユキに回します。それをユキが修正したうえで、次のシーンの指示を入れてアンノに返します。ここで「そんな展開、聞いてませんが⁉」というプロットの変更が入るのですが（それも結構な頻度で）、アンノは全て受け入れて、次のシーンを書きます。

こうした即興的な執筆スタイルのせいで、初稿は当初のプロットと全く変わっています。矛盾だらけの横道だらけ。これでは読み物にならぬと、今度はユキ主導のもと、大改稿が始まります。どのシーンを残し、また削るか。無秩序に書き散らしたエピソードは、実は何に繋がっているのか。組み替えてひっくり返して、紙に穴が開くほど見つめ直し、死闘ならぬ大激論を交わした末に、双方の納得のいくものだけが生き残ります。

前置きが長くなりました。そんな私たちが本作の着想に至った経緯です。

「医療ファンタジーを書こうよ！」

ユキにそう言われて、アンノの頭に浮かんだのは、『無理』の一言でした。

「えー。なんで?」と食い下がるユキ。「医者のくせに!」

あえて言うなら、医者だから、でしょうか。

アンノにとって、医療は仕事。ミス(嘘)の許されぬ場であり、ファンタジーとは対極の領域だったのです。と書くと格好いいようですが、実際は『真実に基づく、疑問の余地なき診断と治療』とはいかないこともあります。なにしろ相手は生きた患者さん。病巣にアプローチするのもおいそれとはできません。採血やX線検査などの基本検査すら、侵襲(身体を傷つける)行為ですから。しかも病状は刻一刻変わるもの。せっかく採取した検体も、患者さんから離れた瞬間に古くなる。そうした断片的なデータから、患者さんの中で何が起こっているか、診断という名の『推理』をしているにすぎないのです。

しかもそうして探り当てた病名自体が、時代によって変化します。昔は全く別の疾患と思われていたり、複数の病気が混ざっていると新たに分かったり。下手をすると「そんな病気はなかった」と概念ごと消えることさえあります。

ことに昨今の医療研究のスピードは凄まじく、ついていくのも一苦労。同僚と何気なく話していて、「その診断基準、先日改訂されたよ」なんて突っ込まれ、蒼褪めることも日常茶飯事。新しい疾患概念を一生懸命勉強して、さあ慣れてきたぞ、と思ったら、「その病名、なくなります」と学会で告げられる、なんて無情な事態も。

病名一つ、治療法一つ、医療器具一つ。診断の深度や、治療の流れ。何かを描写すればそれだけで、いつの時代の、どの地域の、どんな研究を経てきたものか、必然的に決まる。下手に虚構を混ぜれば、破綻するか、知識不足が露呈するわけです。

ファンタジー小説では緻密な世界描写が欠かせません。しかし緻密に正確に書くほど、『異世界医療』は限りなく、現実の医療に近くなる――それって、ファンタジーかしら？ やっぱり無理無理、と始める前から慄《おのの》くアンノに、ユキがさらりと言いました。

「そう？ だってファンタジーだよ。患者が人間とは限らないでしょ。

例えば――竜とか」

……困ったことに、ユキはこの発言を覚えていないそうです。無責任な話です。しかしアンノは忘れません。『竜の医師団』は、かくして誕生したのですから。

本作を書くにあたって、二人で決めたことがあります。一つは『明らかに虚構と分かるよう書くこと』。本作の症例は竜であります。人間の読者の方々はくれぐれも、御自身にそのまま当てはめられませんよう、ご注意ください（医療ドラマなどで時々ありますが、リアルな作品ほど、この疾患は必ずこう、という誤解を与えがちです。実際の医療は先に書いたように、もっと『曖昧《あいまい》』で『流動的』で、なにより『未熟』です）。

もう一つは『笑いのある物語とすること』。本作のテーマは命と死ですが、これは誰もがいずれ向き合う、身近なもの。ゆえに堅苦しい話にはしたくなかったのです。

ことに本作には、現実の日本では禁忌とされる、とある医療行為を語る章があります。これを必要とされる患者さんは必ずおられ、真剣に議論されるべきと感じる一方、安直に合法化すると非常に危険なものです。しかしタブー視するがゆえ、その必要性についても危険性についても、踏み込んだ議論がまだ少ない。私たちはまず語り合うこと。相反する意見に、向き合うこと。そこから全てが始まると信じています。

本作ではこの医療行為について、『医療者の立場』から語りました。患者さんやご家族の立場とはまた異なるでしょう。一つの側面として見ていただければ幸いです。

最後になりますが、本作を手に取ってくださった方々に、限りない感謝を。

また御自身や大切な御家族――人間であろうとなかろうと――の命について、何らかの決断をされてきた方々が、もしもいらしたら。その結論に至る過程の全てと、決断された勇気、あるいはされなかった優しさ。そして、それらを受け入れ、乗り越えようとされる強さに。最大限の敬意を表します。

物語を通じて、皆さまに楽しい時間をお届けできるよう。

これからも、二人で努力して参ります。

検印
廃止

著者紹介　徳島県生まれのフォトグラファーと、愛知県生まれの医師の共同ペンネーム。『水使いの森』で第4回創元ファンタジイ新人賞優秀賞を受賞。著作に『水使いの森』『幻影の戦』『叡智の覇者』がある。

竜の医師団 2

2024年3月15日　初版

著者　庵《あん》野《の》ゆき

発行所　（株）東京創元社
代表者　渋谷健太郎

162-0814/東京都新宿区新小川町1-5
電話　03・3268・8231-営業部
　　　03・3268・8204-編集部
URL　http://www.tsogen.co.jp
DTP　萩原印刷
暁印刷・本間製本

乱丁・落丁本は、ご面倒ですが小社までご送付ください。送料小社負担にてお取替えいたします。

ISBN978-4-488-52411-1　C0193